中國語言文字研究輯刊

八 編

許錟輝 主編

第 **12** 冊

《白虎通》正文訓詁研究

鄭莉娟 著

花木蘭文化出版社

國家圖書館出版品預行編目資料

《白虎通》正文訓詁研究／鄭莉娟 著 -- 初版 -- 新北市：花木
蘭文化出版社，2015〔民 104〕
目 4+112 面；21×29.7 公分
（中國語言文字研究輯刊 八編；第 12 冊）
ISBN 978-986-322-983-4（精裝）
1. 訓詁學
802.08   103026717

中國語言文字研究輯刊
八　編　　第十二冊　　　　　ISBN：978-986-322-983-4

《白虎通》正文訓詁研究

作　　者　鄭莉娟
主　　編　許錟輝
總 編 輯　杜潔祥
副總編輯　楊嘉樂
編　　輯　許郁翎
出　　版　花木蘭文化出版社
社　　長　高小娟
聯絡地址　235　新北市中和區中安街七二號十三樓
　　　　　電話：02-2923-1455／傳眞：02-2923-1452
網　　址　http://www.huamulan.tw　信箱　hml 810518@gmail.com
印　　刷　普羅文化出版廣告事業
初　　版　2015 年 3 月
定　　價　八編 17 冊（精裝）　台幣 42,000 元

《白虎通》正文訓詁研究

鄭莉娟　著

作者簡介

鄭莉娟，女，1986 年生，新疆石河子人，四川大學文學與新聞學院漢語言文字學專業 2013 級博士研究生，主要從事中古近代漢語方面的詞彙研究，已在西南民族大學學報、內蒙古民族大學學報、現代語文、文教資料等刊物上發表多篇學術論文。

提　要

　　《白虎通》是班固對白虎觀會議上討論的結果加以總結整理而寫成的一部著作。本書借鑒前人研究的成果和方法，運用已成熟的訓詁學理論，對其中的訓詁問題進行了全面的考察。全書共分六個部分，主要內容包括：

　　第一章《白虎通》的形成、傳承與研究。通過對白虎觀會議召開的政治和學術背景的分析，可清晰的認識《白虎通》形成的原因。其次，對《白虎通》研究的問題以及研究的現狀的歸納總結，可給我們大致呈現一個《白虎通》研究的面貌。

　　第二章《白虎通》的特點和歷史地位。從形式、內容、語言三個方面歸納了《白虎通》的特點；並從「專守、會通、致用、求眞」四個方面探討了《白虎通》的歷史地位。

　　第三章《白虎通》正文訓詁內容。從社會等級制度、宗法制度、教育制度、陰陽五行等十二項內容進行介紹，表現其訓詁內容的豐富。

　　第四章《白虎通》訓詁體例。主要採用了問答體的訓詁句式和判斷句，兩種方式的結合能更好地解釋經文。

　　第五章《白虎通》訓詁術語。分爲釋句術語、釋詞術語和引異說術語三個方面。

　　第六章《白虎通》訓詁方法。分爲釋詞和釋句兩大部分。釋詞主要有因聲求義、義訓、引用典籍和存異說。釋句以解說句意、文意爲土，又具體從解說原由、總結大意、說明用意等九個方面加以分析。

　　第七章從五個方面介紹了白虎通正文訓詁的意義與價值。

目

次

第一章 《白虎通》形成、傳承與研究

第一節 白虎通觀會議的召開

關於白虎觀會議在東漢初年召開的原因，研究者多有論述，可從兩個方面來看：直接原因和間接（長期）原因。關於直接原因，從《後漢書・張帝紀》中所記載的漢章帝在會議前所下的詔書中講得已經相當明白：

> 詔曰：「蓋三代導人，教學爲本。漢承暴秦，褒顯儒術，建立五經，爲置博士。其後學者精進，雖曰乘師，亦別名家。孝宣皇帝以爲去聖久遠，學不厭博，故遂立大、小夏侯尚書，後又立京氏易。至建武中，復置顏氏、顏氏春秋，大小戴禮博士。此皆所以扶進微學，尊廣道藝也。中元元年詔書，五經章句繁多，議欲減省。至永平元年，長水校尉儵奏言，先帝大業，當以時實行。欲使諸儒共正經義，頗令學者得以自助。孔子曰：『學之不講，是吾憂也。』又曰：『博學而篤志，切問而近思，仁在其中矣。』於戲，其勉之哉！」於是下太常，將、大夫、博士、議郎、郎官及諸生、諸儒會白虎觀，講議五經同異，使五官中郎將魏應承制問，侍中淳于恭奏，帝親稱制臨決，如孝宣甘露石渠故事，作《白虎議奏》。

對此，《後漢書・楊終傳》有更爲簡潔的說明：

（楊）終又言「宣帝博徵群儒，論定《五經》於石渠閣。方今天下少事，學者得成其業，而章句之徒，破壞大體。宜如石渠故事，永爲後世則」。於是詔諸儒於白虎觀倫考同異焉。

細細分析兩則關於白虎觀會議召開的背景資料，可清楚地看到五經的「章句繁多」是會議召開的最主要的原因，「五經章句繁多，議欲減省」、「章句之徒，破壞大體」等都表明了這一點，而其目的就是要「議欲減省」、「共正經義」、「永爲後世則」，可見，白虎觀會議的召開首先是出於學術上的目的，對其學術本身的意義是應該給與肯定的。對此，漢章帝在詔書中也已經明確指出，他認爲先帝漢宣帝、光武帝增立經學博士是爲了「扶進微學，尊廣道藝」，而現在的精簡和統一經義也是爲了使「學者得以自助」、「學者得成其業」，「增立博士」與「統一經義」看似相反的兩個過程在他看來並不矛盾，相反，在挖掘和經學所蘊藏的所謂「大體」、「道藝」上是完全一致的。當然，肯定白虎觀會議的學術意義並不意味著否認這次會議的政治目的，傳統社會中「學術」與「政治」之間的關係從來就不可能截然分開，尤其對於以「經世致用」爲主旨的漢代經學來說，更是與政治息息相關。經學的內容本身即是一套有關「政治」的學說，其經世致用的特色是與生俱來的，因此，白虎觀會議「統一經義」的舉動也必然有著政治上的目的。

一、白虎觀會議的學術背景

漢代經學在發展過程中遇到的最重要的問題就是今、古文經學的分立和鬥爭〔註1〕，白虎觀會議的召開與此有著隱約而緊密的聯繫。眾所周知，西漢時期所立的十四家經學博士都屬於今文經學，但是，自從西漢末年的劉歆發掘出「古文經」並予以初步的整理之後，古文經學的影響就逐漸增強，今文和古文之間的論爭也逐漸加劇。面對經學上的這種紛爭，東漢初年的統治者表現的相當開明，在繼承前朝設立的今文經學博士的同時，對古文經學也表現出相當程度的認同，如光武帝在東漢初年曾一度設立《左氏春秋》博士，史載「范升復與（陳）元相辯難，凡十餘上。帝卒立《左氏》學，太常選博士四人，（陳）元爲第一。帝以元新紛爭，乃用其次司隸從事李封，於是諸儒以《左氏》之立，論議歡嘩，

〔註1〕李學勤：《〈今古學考〉與〈五經異義〉》，見張岱年等著：《國學今論》，遼寧教育出版社，1991年。

自公卿以下，數延爭之。會（李）封病卒，《左氏》復廢。」〔註2〕漢章帝同時對古文經學也表現出好感，他曾說道：「《五經》剖判，去聖彌遠，章句遺辭，乖疑難正，恐先師微言將遂廢絕，非所以重稽古，求道眞也。其令群儒選高才生，受學《左氏》、《穀梁春秋》、《古文尚書》、《毛詩》，以扶微學，廣異義焉。」〔註3〕正是有了這樣的政治氛圍，白虎觀會議才能完成調和今、古文經學，完成「統一經義」的歷史任務。

此外，白虎觀會議的形式問題也可作爲漢代經學發展的一般規律的一部分。白虎觀會議的講學形式或解經形式在漢代是常見的，西漢時期有宣帝的講論「五經異義」，更有其他形式的經學講論。例如太學中就有濃鬱的互相「問難辯論」的風氣，博士在講經時互相詰難、討論經義是很正常的，甚至可以說是太學教育的一個重要方法。同時，朝廷在徵試博士時也經常採用辯難的辦法，例如《後漢書・儒林列傳》記載光武帝「令群臣能說經者更相詰難，義有不通，輒奪其席以益通者」，他曾多次主持各派經師公開辯論，甚至在朝會上建立了按「講通經義」來排座次的禮儀，侍中戴憑因爲善於講辯，「重座五十餘席」，並獲得「解經不窮戴侍中」的評語。〔註4〕建武十九年（公元43年）光武帝還親臨太學，「會諸博士論難於前」，名儒桓榮「被服儒衣，溫恭有蘊籍，辯明經義，每以禮讓相厭，不以辭長勝人，儒者莫之及」，〔註5〕此外，太學博士們的這種辯難風氣也傳給了太學的學生，例如太學生井大春「少受業太學，通五經，善談論，故京師爲之語曰：『五經紛綸井大春。』」〔註6〕可見，對經學進行辯難已經成爲了漢儒進行學術研究的一種主要形式。對於「辯難」的學術意義漢儒也有著明確的認識，例如魯丕說：「說經者，傳先師之言，非從己出，不得相讓；相讓則道不明，若規矩權衡之不可枉也。難者必明其據，說者務立其義，浮華無用之言不陳於前，故精思不勞而道術愈章。法異者，各令自說師法，博觀其義。」〔註7〕可見，漢儒對經學進行「辯難」

〔註2〕《後漢書・陳元傳》。

〔註3〕《後漢書・章帝紀》。

〔註4〕《後漢書・儒林列傳》。

〔註5〕《後漢書・桓榮傳》。

〔註6〕《後漢書・逸民列傳》。

〔註7〕《後漢書・魯丕傳》。

的目的就是爲了使經義能夠更加明晰，從這個意義上講，白虎觀會議的召開是這一傳統形式的再次運用。

綜上所述，白虎觀會議的召開是漢代經學發展的必然結果，無論在內容上還是在形式上都屬於漢代經學的範疇，白虎觀會議充分展示了漢代經學的主要特色及其社會意義，因此，深入研究《白虎通義》就成爲瞭解和認識漢代經學的一個重要途徑。

二、白虎觀會議的政治背景

東漢初年的政治形式是統治者怎樣才能更好地穩定和鞏固這會秩序。由於這一問題的複雜性，所以構成了傳統社會思想家、政治家不斷思考的一個歷史問題，東漢初年更爲迫切。由於兩漢是中國政治思想制度奠基時期，而西漢時期政治風雲變幻，終末形成一個穩定的社會政治結構和思想秩序，所以東漢的歷史任務就是要在總結歷史經驗的基礎上恢復和穩定社會秩序，並予以理論總結，這正是白虎觀會議召開的眞正的政治和社會背景。之所以要特別強調白虎觀會議的召開與漢章帝的關係，是因爲二者之間有著密不可分的聯繫，其一是漢章帝對會議的主持，其二體現是對學術的態度以及對學術觀點的裁決上。對於漢章帝的評價，范曄《後漢書》是這樣講的：「魏文帝稱『明帝察察，章帝長者』。章帝素知人厭明帝苛切，事從寬厚。感陳寵之義，除慘獄之科。深元元之愛，著胎養之令。奉承明德太后，盡心孝道。割裂名都，以崇建周親。平徭簡賦，而人賴其慶。又體之以忠怒，文之以禮樂。故乃蕃輔克諧，群后德讓。謂之長者，不亦宜乎！在位十三年，郡國所上符瑞，合於圖書者數百千所。嗚呼懋哉！」〔註8〕綜觀范曄對章帝的評價，最突出的主要有兩點：在個人品性上以寬厚著稱；在政治措施上以儒學信條爲原則。

漢章帝在實際的政治生活中也多認眞貫徹儒學準則。例如對於漢代十分注重的「孝道」，漢章帝不僅自身「奉承明德太后，盡心孝道」，而且對社會上的行孝之人也大加獎賞，如「元和中，天子思（江）革至行，制詔齊相曰：『諫議大夫江革，前以病歸，今起居何如？夫孝，百行之冠，眾善之始也。國家每淮志士，未嘗不及革。縣以見穀千斛賜『巨孝』，常以八月長吏存問，致羊酒，以終厥身。如有不幸，祠以中牢。』由是『巨孝』之稱，行於天下。

〔註8〕《後漢書·章帝紀》。

及卒，詔復賜穀千斛。」〔註9〕另外，漢章帝在政治措施方面也十分注重對儒學教條的運用，例如他曾經下詔說：「《春秋》於春每月書『王』者，重三正，慎三微也。律十二月立春，不以報囚。《月令》冬至之後，有順陽助生之文，而無鞠獄斷刑之政。朕咨訪儒雅，稽之典籍，以爲王者生殺，宜順時氣。其定律，無以十一月、十二月報囚。」〔註10〕上述詔書的內容充分體現了漢章帝在實際政治生活中貫徹儒學信條的努力，這無疑會對當時的儒學普及產生積極而正面的影響。

漢章帝對儒學者也表現得十分重視和尊重。例如他曾下詔書褒獎當時的太尉和太傅說：「朕以眇身，託於王侯之上，統理萬機，懼失厥中，兢兢業業，未知所濟。深惟守文之主，必建師傅之官。《詩》不云乎：『不愆不忘，率由舊章。』行太尉事節鄉侯（趙）憙，三世在位，爲國元老；司空（牟）融，典職六年，勤勞不怠。其以憙爲太傅，融爲太尉，並錄尚書事。」〔註11〕而尤其具有歷史和文化意義的是章帝對孔子的祭祀，「元和二年春，帝東巡狩，還過魯，幸闕里，以太牢祠孔子及七十二弟子，作六代之樂，大會孔氏男子二十以上者六十三人，命儒者講《論語》。（孔）僖因自陳謝。帝曰：『今日之會，寧於卿宗有光榮乎？』對曰：『臣聞明王聖主，莫不尊師貴道。今陛下親屈萬乘，辱臨敝里，此乃崇禮先師，增輝聖德。至丁光榮，非所敢承。』帝大笑曰：『非聖者子孫，焉有斯言乎！』遂拜僖郎中，賜褒成侯損及孔氏男女錢帛，詔僖從還京師，使校書東觀。」〔註12〕在此，章帝的舉動充分體現了其對聖人以及聖人之道的尊崇，而這正是東漢初年學術發展繁榮昌盛、儒學勢力蒸蒸日上的有力體現。

此外，漢章帝還十分重視臣下的建言，曾下詔說：「聯思遲直士，側席異聞。其先至者，各以發憤吐懣，略聞子大夫之志矣，皆欲置於左右，顧問省納。」〔註13〕因此，對於臣下的進諫以及提議也都能予以比較理性的處理。

〔註9〕《後漢書・江革傳》。

〔註10〕《後漢書・章帝紀》。

〔註11〕《後漢書・章帝紀》。

〔註12〕《後漢書・儒林列傳》。

〔註13〕《後漢書・章帝紀》。

　　以上對白虎觀會議召開的學術背景和政治社會背景的論述，可以看出白虎觀會議的召開有著學術和政治上的雙重目的，在學術上的目的是爲了解決經學發展過程中出現的「解經不一」的問題，其終極目的則是更好地爲社會政治服務，即達到「經世致用」的政治目的。同時，經學的發展也不僅僅事關儒生自身，東漢初年的君主尤其是章帝對經學也表現出了相當強烈的關注和熱情，因爲儒家經學中所蘊涵的所謂「道義」、「大體」都是君主治理天下所必須取法的東西，因此，一定程度上可以說白虎觀會議的召開是東漢初年政治環境下的必然產物。

第二節　　《白虎通》傳承與研究狀況

一、《白虎通》的傳承

　　白虎觀會議在東漢乃至整個經學史上都可以說是一件大事。但是，隨著今文經學的沉寂，《白虎通》也逐漸趨於衰落。不過，我們所說的《白虎通》衰落是相對於其在東漢社會所享有的尊崇地位而言，事實上，《白虎通》在後世依然多多少少地發揮著自己的影響。由於《白虎通》本身是一本關於「禮制規範」的經學書籍，所以它的影響主要體現在後世有關「禮制」的活動中。其一，《白虎通》保存了一些比較珍貴的經學資料和歷史資料，因而在後世的注疏中多有對本書的引用，例如《史記》三家注、《漢書》顏師古注等都大量引用了《白虎通》的材料來說明當時的禮樂制度。如《史記·孝武本紀》：「自得寶鼎，上與公卿諸生議封禪。」正義注曰：「《白虎通》云：『王者易姓而起，天下太平，功成封禪，以告太平。禪梁父之趾，廣厚也。刻石紀號，著己之功績。天以高爲尊，地以厚爲德，故增泰山之高以報天，禪梁父之趾以報地。封者，附廣之；禪者，將以功相傳授之。』」〔註14〕足見，《白虎通》仍然具有重要的參考價值；其二，後世歷代王朝在制定「禮制」的過程中也多有引用《白虎通》作爲依據，也可看出《白虎通》在「禮制」上的權威性和影響力。「禮樂制度」在傳統社會中的重要性是不言而喻的，事關整個社會政治秩序的穩定與和諧，因此，《白虎通》在制禮過程中的頻繁引用，更能表明其在禮制上的權威性和全面性被後世的充分的認可。

〔註14〕《史記·孝武本紀》。

二、《白虎通義》的研究問題

（一）關於書名的問題

關於本書名稱問題，近代的學者做了相當深入的研究，其看法如下：

第一種認為白虎觀會議產生的議奏即被命名為《白虎通德論》，而《白虎通義》則是在前者基礎上經過班固撰集之後才正式採用的名稱。

第二種認為《白虎通義》和《白虎議奏》是不同的兩本書，而白虎觀會議上首先產生的是《白虎議奏》，《白虎通義》是在此基礎上撰集而成的。

第三種認為《白虎議奏》和《白虎通義》為兩本不同的書，並且都產生於白虎觀會議，《白虎議奏》是關於五經的分類專書，而《白虎通義》則是對經義的總述，《白虎通德論》是後世所改寫的書名。

第四種認為孫詒讓和莊述祖兩人的觀點都不對，「陽湖莊氏別《通義》於《議奏》之外，謂與《議奏》為二書，瑞安孫氏列《通義》於《奏議》之中，為即奏議之一類。以今審之，二說均違」。此說以劉師培為代表。

第五種是關於《白虎通德論》的問題，周廣業認為是《白虎通》與《功德論》兩書的合名。

以上五種看法從不同的角度提供了解決《白虎通義》名稱問題的方案，鍾肇鵬先生在此基礎上經過進一步的考證和分析，對這一問題作了總結性的回答，他認為《白虎議奏》是根據白虎觀會議的原始記錄整理而成的，《白虎通義》則是依據白虎觀會議討論所得的結論編撰而成的，是白虎觀會議的總結；同時，《白虎通義》是正式的名稱，《白虎通》是簡稱，而《白虎通德倫》很可能是《白虎功德倫》之誤或《白虎通》和《功德倫》之誤。〔註15〕

（二）關於作者的問題

關於作者的問題，沒有太多異義。只是在撰集上是否為班固個人所為，還是集體所成上有一點分歧，唯一對此提出異議的是近代的洪業。他說：「然則書之名為《白虎通》耶？《白虎通義》耶？《白虎通德論》耶？著者為章帝耶？班固耶？班固等耶？其卷數為六抑為十耶？……以上三說，雖各不同，然皆有意為范氏解紛，皆認今之《白虎通》者，乃白虎觀會議之產品，而班固所撰者也。今讀《白虎通》，疑其書非班固所撰，疑其書非章帝所稱制臨決者，疑其為

二國時作品也。試詳論之。固所爲文，見兩《漢書》中；此外，《文選》、《北堂書抄》、《藝文類聚》等書，亦頗多徵引。觀其行文氣韻，大不與《白虎通》相類。……可見《白虎通》之出，不僅在《漢書》之後，而且在《風俗通》之後矣。……《白虎通》鈔襲宋衷之緯注甚多，前僅舉其一耳。宋衷在班固後百有餘年，班固何能鈔襲宋衷乎？且一代之經說，往往與其時之典章制度有關，倘《白虎通》足以代表章帝稱制臨決之論，何其又與漢制往往不合耶？……推而論之，《白虎通》之背景，乃漢末魏初之背景也。……緯注、策問，孰爲先後，未敢遽定。《白虎通》乃綜合其說，其必作於建安十八年之後明矣。夫唯其出如此之晚，所以不僅許慎、馬融不能得其書而讀之，且蔡邕、鄭玄並不曾舉引也。然而《白虎通》之出，又似在正始六年之前。……夫蔡邕之時尚有《白虎議奏》，卷數逾百。倘其後有好事者，用其材料，更攝合經緯注釋而成《白虎通義》，殆非難事。玩其文義，不似有意僞託班固，疑更有好事者，附會而歸之於固，晉、宋而後，引者遂多耳。……《白虎通》傳本在趙宋時已有遺闕。……至於今之傳本，舊京一隅，搜求所及，僅得十七種。考其淵源，多出元大德重印宋監本。」〔註16〕此說在理論根據和論證方法上都存在一定問題，並沒有得到學術界的認同，在此僅稍作提及。

（三）關於思想內容

關於本書的思想內容，歷史上也存在很大分歧，表現在對本書的評價上也見仁見智，並且隨著時代、學術風氣的變化而屢有變化。在漢代經學是顯學，《白虎通》自然受到了學術界的尊崇，如蔡邕就曾說：「昔孝宣會諸儒於石渠，章帝集學士於白虎，通經釋義，其事優大，文武之道，所宜從之。」〔註17〕但是，隨著經學的衰落以及學術風氣的變化，《白虎通義》所體現出來的那一套學風以及思維方式在後世逐漸受到了一些學者的批評，比如宋代的呂南公就認爲：「《白虎通》嘩惑聾瞽之書也，非特作之者有是，學其說者亦足以致之，學者不可不思也。聞楚之王有喜起怪以爲奇而作異以爲新者，於是國中之人衣冠宮室君臣族親之數名製度，皆群然而更改之，旁徵外引以快談喻。他日王問焉，曰：孰致爾？孰致爾？於是俊舌者進而列焉。曰是新某制，是生某名，是有某義云爾。

〔註16〕洪業：《白虎通引得序》，《洪業論學集》，中華書局，1981年。

〔註17〕《後漢書·蔡邕傳》。

王大悅，連室而旌之。魯之端士駁而往辯之，曰古之制，君臣主於定上下尊卑，族親主於辨戚疏次序，衣冠宮室主於便利乎起居服用，昔言足矣，今不宜復關汝紛紛，且非益也。楚之君臣勃而否之曰：非爾所知也，不如是不足以矜識見而新談說也，魯士不自得而去，白虎之作其類是耶，而未聞當時有魯士，嗚呼！吾不意夫嘩惑聾瞽者日多多也，自西漢時學者說經已積怪蠹，至是而甚焉，又總括之。說儒之弊蓋至於此，學者不可不思也。」〔註18〕從宋儒的角度對《白虎通》給予這樣的批評是完全可以理解的，因為《白虎通》反映出來的武斷是有目共睹的。但隨著經學的復興，在清代對《白虎通義》的讚揚又一次多了起來，例如盧文弨就中肯地指出：「事必師古，而古人又誰師哉？道之大原出於天，古人凡事必求其端於天，釋《尚書》者於稽古有異說，余以為稽考古道，古道即天也，天何言哉？稽考古道是乃堯之所以同於天也。古之聖人，凡命一名，制一事，曷嘗不本之於陰陽，參之於五行，原其始以要其終。窮則變而通則久，其有不知而作者乎，必無是也。讀是書可以見天人之不相離，而凡萬變之相嬗乎前。無一非出於自然者，曾私智小惠可得與其間哉？顧說之不免有歧者，何也？天體至大，仁者見仁，智者見智，昭昭之天，何莫非天。當時天子，雖稱制臨決，亦不偏主一解以盡繩眾家之說，此猶吾夫子多聞見而擇之識之之意云耳，世有善讀者則此書之為益也，大矣。倘泥其偏端，掩其全美而輒加以輕低，夫豈可哉。」〔註19〕在此，盧文弨明確肯定了《白虎通義》的價值，而發現其價值的關鍵因素就在於我們是否「善讀此書」，只有避免了「泥其偏端，掩其全美而輒加以輕低」的做法，才能真正認識《白虎通》的歷史價值所在。

三、《白虎通》的研究現狀

目前，對《白虎通》的研究沒有引起學術界的足夠重視，研究範圍也不夠廣泛，研究成果可以從以下幾類來概括。

（一）探討其思想內涵和哲學意蘊

這部分的內容相對來說還較多，《白虎通》的哲學思想一些哲學著作中都有

〔註18〕呂南公：《灌園集・讀白虎通》，《影印文淵閣四庫全書》，第1123冊，臺灣商務印書館。

〔註19〕盧文弨：《校刻白虎通序》，見《抱經堂叢書》之《抱經堂文集》，民國十二年直隸書局影印本。

所提及。如：侯外廬主編的《中國思想通史》，任繼愈主編的《中國哲學史》、《中國哲學發展史》，劉澤華主編的《中國政治思想史》，金春峰著的《漢代思想史》，祝瑞開著的《兩漢思想史》，于首奎的《兩漢哲學新探》等都有所涉及；或爲研究論文如鍾肇鵬的《白虎通義的哲學和神學思想》，于首奎的《白虎通神學宇宙觀批判》，王四達的《試論〈白虎通義〉的總體特徵》、《論〈白虎通義〉的天道觀及其內在矛盾》、《〈從白虎通義〉看漢代儒學及其歷史命運》，季乃禮的《論〈白虎通〉中天的混沌性與三綱六紀》等。

侯外廬先生認爲《白虎通義》的世界觀是神學的。王勤樹將《白虎通義》的理論體系概括爲宣揚王權神授論，宣揚天人感應和讖緯迷信，宣揚歷史循環論和形而上學，鼓吹尊孔復禮與「三綱六紀」。于首奎的《白虎通神學宇宙觀批判》一文在標題上則直截了當地把它定性爲「神學」並加以批判。任繼愈主編的《中國哲學發展史 （秦漢卷)》將其定性爲宗教神學。而金春峰認爲《白虎通義》對天的論述包括自然之天、道德之天和神靈之天。但自然之天是從屬道德之天的，而道德之天本質上是神秘主義的，歸根到底是從屬或依附於神靈之天的。方立天、章權才、鍾肇鵬、蘇志宏諸先生均認爲《白虎通義》包含了「神學」或「神學目的論」的內容。王四達認爲《白虎通義》包含了「天人相」與世界觀「唯象」「唯法」的方法論以及「神道設教」的政治實踐。

（二）論證其書性質的

余敦康的《兩漢時期的經學和白虎觀會議》章權才的《兩漢經學史》，洪善思的《評白虎觀會議與〈白虎通〉》，貝基新的《批判封建宗法思想的法典——白虎通》，王勤樹的《從白虎觀會議和〈白虎通〉看儒學的反動本質》，林麗雪的《白虎通三綱說與儒法之辨》，湯其領的《白虎觀會議與東漢政權的苟延》，任芬的《白虎通義與封建禮教的產生》等都論述了《白虎通》的性質。綜合各家觀點，主要觀點有從漢代經學紛爭的角度來看待《白虎通義》將其定性爲「經義」。余敦康回顧了從漢武帝到漢章帝經今古文學和讖緯三派的相繼出現和鬥爭，統治者和經學家需要爲三派尋找一個共同的思想基礎，到章帝時代，各派在「君臣之正義」、「父子之綱紀」這兩條的基礎上建立統一經學的認識漸趨一致，這才有了白虎觀會議的召開。金春峰認爲白虎觀會議的召開是因爲今文、古文、讖緯三者既互相排斥又互相妥協，需要形成合一的統一的新經學。祝瑞

開認爲由於儒學獨尊後，日益僵化，章句之徒破壞大體，統治集團日益感到所謂經義已支離破碎，議欲減省。章權才認爲白虎觀經學會議召開的背景即今文煩瑣，古文興起，今古鬥爭。因此，今文要刪汰，古文要扶持。

但是，從統治者制定「國家法」的角度來看《白虎通義》，將其定性爲「封建法典」。侯外廬先生認爲今古文在會上雖有爭辯，但他們都迷信讖緯，所以，《通義》盡其雜糅混合之能事，望文附會，曲解引申。特別是讖緯，構成了《白虎通義》的依據。它百分之九十的內容出於讖緯。侯先生還一針見血地指出：他們（與會儒生）不是在講哲學而是爲統治階級安排宗教，利用經義爲漢制法，爲皇帝制出空前極無恥之能事的國家法來。因此，《白虎通義》的性質是「封建法典」。這個論斷是侯先生最先提出來的，後來研究《白虎通義》的學者幾乎都採用這個觀點。

從漢禮制作過程的角度來看《白虎通義》，將其定性爲「封建禮典」。王四達分析了漢禮的制作過程和漢章帝制禮的主觀意圖，認爲《白虎通義》是章帝爲制作漢禮而預先對諸禮義理和禮制框架進行甄別與審定的產物，它直接派生了章帝命曹褒撰定的「漢禮」。因此把它定爲「禮典」。臺灣學者林麗雪認爲白虎觀會議表面上看來是爲經說的統一而召開，實際上禮制人倫的制定才是最主要的目的。任芬認爲建初間章帝在白虎觀大會群臣討論經典並撰定《白虎通義》一書，其直接目的是爲制定一部適應新形勢下需要的漢禮作準備。《白虎通義》的成書說明統治中國社會一千多年的封建禮教正式形成。

其實，從宏觀上看「法典」、「禮典」都是屬於經學範圍之內的。盛行於漢代的經學含有經世之學」的意味，可以說是當時解說政治，教化民眾的獨家官方哲學；另一方面也是指解釋闡述和研究儒家經典的一套學術。禮本來就是儒家經典之一，應包容在經學之中，「禮法結合，以禮入法」又是當時法的基本特徵。封建統治階級直接引用儒家經典作爲立法的根據，或用儒家經典來闡述其立法的理由。因此，法也應屬於經學的範疇，從白虎觀會議召開的時代背景來看：一方面今古文兩派之爭；另一方面五經章句煩多，章帝爲統一經義和重建統治思想詔諸儒於白虎觀，考論「五經同異」。可見，統一經義是其主要目的，在經義統一的過程中涉及到了禮制法規方面的內容。

（三）著述形式與闡釋經義的方法的角度

張榮明的《漢代章句與〈白虎通義〉》、楊權的《〈白虎通義〉是不是章句》等。張榮明認爲從形式特徵看《白虎通義》與漢代章句不同，但二者之間又有淵源關係，且都以經和詮釋作爲構成要素。從內容特徵看二者相同，都重在義理闡述。這種異同關係表明《白虎通義》不是一般的章句，而是皇家章句。楊權把「章句」與「傳、說、記、箋、注、訓、故「條例做了比較，歸納章句具有兩個特徵：一是分章析句解釋古代經典的意義；二是緊密依附所闡釋的對象，不單行。在此基礎上，論證了《白虎通義》是漢代的「皇家章句」說不成立，因爲《白虎通義》在著述形式上與章句沒有任何相似之處，其闡釋經義的思想方法與漢代經師造作章句時所習行的方法也不相同。在本質上，《白虎通義》不屬於章句之學，而屬於義理之學。

以上三個方面的分析可以看出：對《白虎通義》的研究在哲學、思想性質的方面已取得一定的進展。另一篇盧烈紅的《〈白虎通〉對訓詁學的貢獻》從求綜合、釋禮制、訓簡稱、存異說、用聲訓五個方面肯定了《白虎通》對訓詁學的貢獻。《白虎通義》是《釋名》之前較系統地運用聲訓的著作，其地位是不可低估的。從語源學的角度來說，它由先秦正文訓詁中零星的聲訓發展到大規模集中地使用聲訓，表明了人們對詞語之間的音義關係已有足夠的認識，爲《釋名》的形成奠定了基礎，爲系統探源由自發走向自覺作了充分的準備。從語音學的角度來說，通過對其聲訓條例的語音關係的分析，可以看出由先秦到兩漢語音的發展演變是研究上古音系十分重要的文獻資料。從語義學的角度來說，聲訓條例的訓釋字與被訓釋字的語義關係，可以反映出當時人的思維特徵及其文化背景，對研究漢代的思想觀念、文化禮俗、社會習俗有很大的價值。

第二章 《白虎通》的特點和歷史地位

第一節 《白虎通》在形式上的特點

《白虎通》與別的經師家說不同，它是帶有官方法典性質的經學著述。其行文方式頗具一格，大體爲首先提出問題，然後回答問題，最後再引經文以證明其觀點。該書這個特點，黃侃曾總結到：「漢以來說經之書，簡要明晰者，殆無過《白虎通德論》；設主客之問，望似繁碎，其實簡明。」[註1] 黃所說《白虎通德論》就是《白虎通》一書。

誠然，這種行文方式在先秦諸子百家的典籍中也可以看到不少這種問答的行文方式。《論語》中記載了很多孔子與學生之間的問答，如「問仁」一事不同學生得到的答案都不一樣；《孟子》當中開篇即是「孟子見梁惠王。王曰：叟，不遠千里而來，亦將有以利吾國乎？孟子對曰：王！何必曰：利？亦有仁義而已矣⋯⋯」，一問一答中，孟子鮮明地提出了自己所主張的「仁義」。

到了漢代，學術傳承中以經學傳習爲主流，在經學傳授的過程中，父子師徒口耳相傳、講經論藝，通過問答實現學術傳習之互動。因而，問答式在經學文本中很常見。在《春秋公羊傳》《春秋穀梁傳》中這種方式尤爲明顯，例如《公羊傳》開篇「隱公元年春王正月，元年者何？君之始年也」春者何？歲之始也。

〔註 1〕黃侃：《禮學略說》，收入《黃侃國學文集》，北京：中華書局 2060 年版。

王者孰謂？謂文王也。曷爲先言王而後言正月？王正月也。何言乎王正月？大一統也。公何以不言即位？成公意也。何成乎公之意？公將平國而反之桓。曷爲反之桓？桓幼而貴，隱長而卑，其爲尊卑出微，國人莫知。隱長又賢，諸大夫扳隱而立之。隱於是焉而辭立，則未知桓之將必得立也。且如桓立，則恐諸大夫之不能相幼君也，故凡隱之立爲桓立也。隱長又賢，何以不宜立？立適以長不以賢，立子以貴不以長。桓何以貴？母貴也。母貴則子何以貴？子以母貴，母以子貴」。該段中的每一問題都有答案，隨著問題的層層深入，討論者對於經學大義也愈加推明「設主客之問」。這裡面包含了兩種言說方式：一種方式爲問難，另一種方式爲針對問題進行應答，這實際是一種對話形式。

《白虎通》用這種獨特的問答方式使經學變得簡要明晰。首先，單就對話本身而言，如果沒有實用目的作爲指導，只是爲了對話進行的對話，那麼對話者就會以一種開放性的姿態進入對話過程中，輕鬆隨意地表達的思想。在此對話本身是一種開放的過程，參與對話者沒有任何一個人可以把握這場對話，語言以及思想的流動性使得對話可以向任意方向變化。

這種無目的性的對話過程本身即是這種對話的目的，對話者只是構成對話過程的因素。對話者也只有在某種程度上捨棄自我，才能眞正進入這種對話。隨著語言的牽引和對話的流動，對話者的思想隨時可能在不經意間發生碰撞而產生火花。

另外有一定目的性的對話。這種對話有一定目的，但目的實現與否對現實並無很大的影響。隨著參與者人數的日益增多，對話者各自視域的規定性和限制性，對話者之間互動的頻繁發生，對話過程中發生各種牽連枝蔓勢在必然。在這種情況下，對話與參與者處於爭奪主導性的不停鬥爭中。如果參與者佔據優勢地位，那麼對話就會實現佔據優勢地位參與者的目的；如果對話佔據優勢地位，超出了單個參與者的控制能力，那麼對話者本有目的可能會被遮蔽，對話會走向某個事先完全沒有預料的方向。

如果將經學傳授視爲一種文本、說經者、學經者之間的互動，那麼這種互動實際上可視爲一種帶有一定目的性的對話過程。這種目的就是通過經學傳授，經學學習者能夠獲得經學文本中的大義。這種對話過程中包含了文本與講經者的對話：講經者與學經者的對話；學經者與文本的對話；最後即是具有強烈目的性的對話。這種對話有明確的目的，對話參與者期望通過對話能夠達到

某種特定的效果，通常這種效果會產生某些實際影響力。這種對話通常套用問答形式表現出來。

《白虎通》的問答式對話以現實需要為指導，以達到實用效果為目的，具有強烈的現實感和時代意義，是非常嚴肅而深刻的一種對話。在整個對話過程中，對話參與者有著鮮明的問題意識和尋找答案的強烈企圖。因此參與者自覺地居於主動地位，用堅定的理性和強烈的思辨性來控制住整個對話過程，這樣保證了對話不生或者少生枝蔓，因而對話才會顯得簡短而富有成效。正是因為《白虎通》以問答方式行文，其講論經義才會呈現「簡要明晰」的特點。

第二節　《白虎通》的內容特點

《白虎通》內容上的主要特色就是「通」，不僅兼收今、古文經義，而且也兼蓄各家師法，相應的正是因為它追求「通」，所以也就不免有「雜」的缺陷。

《白虎通》內容上「雜」的特點是與《白虎通》所處的社會政治地位緊密相聯的。作為一個社會的特定意識形態，只有「雜」才可能包羅萬象，只有「通」才可以解釋一切。

所謂「今文經學」是西漢在確立儒家經典獨尊地位的歷史過程中逐漸衍生出來的一種經學解釋學。《白虎通》所討論的問題和所要解決的問題都有很強的現實針對性，都是為了論證或者規範某種社會關係。其主要表現就是在對經文的引用和解釋上主觀的東西太多，為了論證自己的觀點和意向，可以不考慮基本的學術規範，而是信手拈來，只要對其有用就可以隨意使用。例如在說明君、臣的行為規範時，先是主張「日行遲，月行疾何？君舒臣勞也。日日行一度，月日行十三度十九分度之七。《感精符》曰：『三綱之義，日為君，月為臣也。』」〔註2〕而在後文中又認為「君舒臣疾，卑者宜勞，天所以反常行何？以為陽不動無以行其教，陰不靜無以成其化。雖終日乾乾，亦不離其處也。故《易》曰：『終日乾乾』，反覆道也。」〔註3〕可見，《白虎通》的目的就是對現實社會秩序進行論證和粉飾，只要現實社會需要就可以用生動的語言和萬能的理論將其論述得頭頭是道。

〔註2〕《白虎通義‧日月》。

〔註3〕《白虎通義‧天地》。

　　另一方面，《白虎通》所採用的「經說」也主要以今文經爲主。比如《白虎通‧爵篇》講：「天子者，爵稱也。爵所以稱天子何？王者父天母地，爲天之子也。」陳立疏證說：「《曲禮疏》引《五經異義》說：『天子有爵不？《易》孟、京說，《易》有周人五號，帝天稱一也。』說與《乾鑿度》文同，是天子有爵。『古《周禮》說，天子無爵。同號於天，何爵之有？』」

　　所謂「古文經學」是在西漢末年逐漸發展起來的一門學問。古文經學的興起正是針對今文經學所表現出來的種種學術弊端，因此，相對於今文經學過於濃重的政治傾向，古文經學家相對來講更爲注重經學研究的學術特色，主張學術研究的相對獨立性。《白虎通》對古文經學也多有吸收，當時存在的古文經典書中基本上都有引用，如《周官》、《古文尚書》等。但《白虎通》中引用的古文經學的內容和材料總的來說並不多。

　　「讖緯」作爲一種類似於宗教迷信的思維方式在人類社會早期階段普遍存在。「讖緯」的造作者充分利用了當時有利的政治形勢，積極參與了現實政治秩序的重新建構，使得「讖緯」逐漸享有了「經」的地位，尤其是在王莽統治時期以及東漢初年「讖緯」更是受到了全社會的尊崇和敬畏。正是因爲讖緯在當時擁有這樣的「政治法權」，已經成爲東漢王朝政治意識形態的一個有機組成部分，所以《白虎通》頻繁引用有關讖緯的資料作爲論證的依據也就不足爲奇。

　　最後需要說明的是，雖然上文中將《白虎通》的內容分爲今文、古文、讖緯三個部分，但是這僅僅是從其發生學的角度加以區別的，其實在現實中尤其是在《白虎通》中，其間的區別是不甚清楚的，也是沒有必要的。因爲在他們眼中「讖緯」本身即是「經說」的一個有機組成部分，雖然由於今文經學本身的特點，使得其與讖緯有更多的親和力與關聯性，但是古文經學也並不是絕對的排斥讖緯，在引用讖緯方面今文經學和古文之間只有程度上的差別，並無本質上的不同。

　　此外，《白虎通》的「雜」還體現在對同一條制度或現象有時會出現不同的兩種解釋，對此該怎麼認識呢？陳立認爲：「《白虎通》雜論經傳，多以前一說爲主，或曰皆廣異聞也。」其實，造成這種現象的原因是多方面的，除了學派之間經說的差異之外，還與政治利用學術來指導現實的需要密切相關。對於不同的「經說」，前引東漢魯丕的主張是：「說經者，傳先師之言，非從己出，不

得相讓；相讓則道不明，若規矩權衡之不可枉也。難者必明其據，說者務立其義，浮華無用之言不陳於前，故精思不勞而道術愈章。法異者，各令自說師法，博觀其義。覽詩人之旨意，察《雅》、《頌》之終始，明舜、禹、皋陶之相戒，顯周公、箕子之所陳，觀乎人文，化成天下。」在此，魯丕的觀點十分明確，不同「經說」之間必須經過相互交鋒才能得出正確的結論，而白虎觀會議也正是採用了這樣的方法來統一經義的。但是即使這樣仍然存在不同的經說，這就說明不同的經說對於政治統治來說其實都有一定的利用價值，並非不可兼容，在這一方面《白虎通》也有明確的認識，「問曰：異說並行，則弟子疑焉。孔子有言：『吾聞擇其善者而從之。多見而志之，知之次也。』……聖人之道，猶有文質，所以擬其說，述所聞者，亦各傳其所受而已。」〔註4〕此段文字雖有脫漏，但其意思還是清楚的，即對各種經說保持開放的姿態，不拘一格，爲我所用，這與漢章帝「廣異義」的要求是相一致的。

　　具體分析一下《白虎通》在這一方面的表現，可以看出不同經說的出現除了在基本的事實認定上不一致外，更爲重要的是各種經說所依據的原則不一樣，而這些原則又都是傳統政治社會所必需的。例如「婦人無謚者何？無爵，故無謚。或曰：婦人有謚。婦人一國之母，修閨門之內，則群下亦化之，故設謚以彰其善惡。」在此凸顯的兩種不同的原則是很明顯的，前者強調的是「男尊女卑」的綱常倫理，而後者則強調的是「彰惡勸善」的教化信條，所以二者之間的矛盾並不是根本上的衝突，而只是側重點的不同。又比如「王者臣不得爲諸侯臣，以其尊當與諸侯同。《春秋傳》曰：『寓公不世，待以初。』或曰：王者臣得復爲諸侯臣者，爲衰世主上不明，賢者非其罪而去，道不施行，百姓不得其所，復令得爲諸侯臣，施行其道。《易》曰：『不事王侯。』此據言王之致仕臣也。言不事王，可知復言侯者，明年少，復得仕於諸侯也。」在此，前者強調的是對君主權威的維護，後者則重在對暴虐之主的警戒，而這二者對於儒家來說都是必不可少的。由此可見，白虎觀會議上對不同經說的處置方式其實並不是一味的「精簡」與「統一」，而是對各家經說的「論定」，對不同經說合法性的「確認」。

〔註4〕《白虎通義‧爵》注。

第三節 《白虎通》在語言上的特點

一、「一字而深窮意義」

　　《白虎通》一書中名詞解釋俯拾皆是，無怪乎有論者將《白虎通》歸爲「羅列和綜合各家觀點的經學名詞彙編」〔註5〕。該書名詞解釋不僅多而且別具一格，劉師培在《中國文學教科書》中總結到：「《白虎通》雖爲釋典禮之書，……蓋一字而深窮意義，漢代之書未有若《白虎通》之甚者也，雖間流於穿鑿，然保存古訓之功，豈可沒與？」〔註6〕

　　「一字」並不就是我們現在所看到的「字」，通常「一字」往往就是一個獨立的詞，具有獨立完整的意義。這裡實際指的是《白虎通》對於字和詞解釋「深窮意義」。「窮」本義爲「不通、窮盡」，《白虎通》本來就不爲解釋字詞意義而作，其主要目的是闡釋經學大義而致用。因此《白虎通》之「深窮意義」不是對所有字詞都作解釋，而是對理解經義有著重要作用、有必要深窮意義的詞才會闡釋發揮。就字詞意義來講，因推求目的是追根溯源，故決定了其所求意義的特殊性即字詞的本源意義。一般來說漢字字詞若要追根溯源，可作依據者有二：一爲字詞本來之形體，如《說文解字》、對於漢字的各種形體演變作一歸納，尋求本來形狀，從象形這一直觀角度對領會文字本義。二爲字詞之聲音，如漢代《釋名》。漢語中獨特的「聲訓」就是探求聲音與意義聯繫的一種方式，用以探求字詞之本源意義，故《白虎通》一書多採用「聲訓」方式來深窮字詞的意義。這點是近幾年研究之熱點，已有很多成果，在此不再細論。〔註7〕

〔註5〕金春峰：《漢代思想史》（增補第三版），北京：中國社會科學出版社2006年修訂第3版，第417頁。

〔註6〕劉師培：《中國文學教科書》，收入《劉申叔遺書》，南京：鳳凰出版社（原江蘇古籍出版社）1997年版。

〔註7〕在《研究文獻綜述》中，本文已經提到了盧烈紅：《〈白虎通〉對訓詁學的貢獻》一文對於《白虎通義》訓詁學意義研究的開創之功。近年來有出現了幾篇碩士論文討論其訓詁學價值，如王麗俊：《〈白虎通義〉聲訓研究》（2004年），郭向敏：《〈白虎通〉聲訓詞研究》（2006年），羊霞：《東漢聲訓理據研究——以〈白虎通義〉和〈釋名〉爲例》（2008年）。總體而言，這些論文側重於將《白虎通義》作爲語言材料進行歸納整理，而對其之所以成爲訓詁學重要材料的原因及背後隱藏的時代思想缺乏分析。

周祖謨指出：「聲訓之事，起於《易傳》，而發揚推衍之書，實爲漢之今文經家，如班固《白虎通》所集漢人解字之說，皆爲今文經家之言是也。」〔註8〕今文經學家出於「通經致用」的目的選擇用「聲訓」方式闡發經籍中的微言大義，並以此證明自己的某種觀點與經典的一致性。這種聲訓雖追溯字詞原義，但其所總結的字詞原義是爲闡發思想而服務，不可避免會加上訓釋者的主觀發揮闡釋，所以劉師培在後面總結「一字而深窮意義」後會補充「雖間流於穿鑿」一語。此類聲訓，西漢今文經學大師董仲舒所著《春秋繁露》「深察名號」篇中已有不少，而集大成者爲《白虎通》。

《白虎通》之字詞訓釋雖不免流於穿鑿，但很多解釋也不乏眞知灼見。自漢代以來，《白虎通》裏面字詞解釋經常被用作注釋出現在各類古籍當中，足以證明其對很多字詞意義闡發之深刻性與普適性。甚至直到當代，很多解釋也還被《辭海》、《辭源》等權威字典引用〔註9〕。總體而言，《白虎通》的字詞訓釋是具有科學性和合理性的。

二、訓詁與章句之間

《白虎通義》經常被視爲今古文之爭的重要產物。《白虎通》用字詞之訓釋方式來解釋其如何調和今古文經學。

漢代之訓詁是和經學大義緊密聯繫在一起的，並且與章句之學相比非常簡明扼要，這是其最爲明顯的特點。「訓詁」可以言「詁訓」，可見「訓」與「詁」可爲兩個獨立義項。「章句」則不同，從未有言「句章」者。就經學注釋體裁而言，「訓」、「詁」、可以分別爲兩種體裁。漢代注書稱「訓」者多與解釋具體事物相關。「訓」是通過解釋具體事物而言義理，在經學注疏中即是從訓釋字詞的意義來闡釋經學大義。「故」即是通過以前有過的事迹言論來闡釋經學大義。「故」與「詁」又可以通用，「詁」多用作動詞即「解釋古言古字」的意義，所以注解

〔註8〕周祖謨：《書劉熙釋名後》，《問學集》（下），北京：中華書局1966年版。

〔註9〕盧烈紅在《〈白虎通〉對訓詁學的貢獻》中指出《白虎通》對簡稱的訓釋都很精當，並且將很多解釋與權威性辭書《辭海》（1979版）的相同條目作對比，將這些解釋與《辭海》的關係大致分爲四種情形：（1）爲今《辭海》直接引用，以作爲建立義項的根據，有時還徑以代替具體的條列。（2）今《辭海》雖未錄其原文，但在說法上與之一致。（3）被今《辭海》）列爲異說。（4）能糾正今《辭海》的偏差。

經學典籍的書籍書名多用「詁」。漢代以後,「訓」與「詁」才逐漸合為一個複音詞〔註10〕。

漢代注重訓詁不為章句之人多「博覽」、「博習」、「遍習」群經,這代表了一種學風傾向。但並不說明古文經學家博覽多聞,今文經學家孤陋寡聞。今文學家與古文學家最大的差別應該在於博覽多聞之後是否以章句作為最後歸依。正宗的今文經學儘管旁徵博引但必須回歸章句〔註11〕,古文經學則是通訓詁明大義後回歸經文。之所以有這種不同的歸依在於:以今文經學的章句發展較早,西漢末年就已發展成熟,可獨立成為章句學〔註12〕。其回歸章句,實際上某種程度已經標誌著對經學大義的一種分離。而古文經學的訓詁在兩漢並沒有獲得蓬勃發展的機會,表現形態還不成熟,所以只能以經文原文為阪依。

《白虎通》作為調和今古文經學之著作,吸收了漢代今文經學之章句與古文經學之訓詁的優點。這表現為一方面重視左右採獲、旁徵博引,針對每個問題進行考察;另一方面又注意對字詞意義的闡發、經學大義的闡明。其「一字而深窮意義」即是把牽引各種說法來訓釋字詞、追尋經文大義有機結合起來。

第四節　《白虎通》的歷史地位

《白虎通》的產生正好處於古文經學興盛的初期。西漢的今文經學在當時曾經發揮過重要的社會作用,但是,隨著今文經學自身的不斷僵化和古文經學的逐漸成熟,經學內部兩種學風的鬥爭也日趨強烈。在這一鬥爭的過程中,代表了「會通」和「求真」學術趨向的古文經學逐漸成為東漢時期經學

〔註10〕周大璞主編:《訓詁學初稿)),武漢:武漢大學出版社1987年版,第2頁。

〔註11〕今古文經學均有章句,但是今文經學之章句代表了尊重師說,注重師法家法的傳授體系。鄧積意《劉歆與兩漢今古文學之爭》(復旦大學 2005 年博士學位論文)指出了「師法抽象,章句具體,師法謂博士傳授之內容,為虛指:而章句則為實指,謂博士傳授之內容不為別的,就是章句。在此意義上,章句不僅是一種治經的類型,如條例、解詁等,而且也是師法,代表著博士講授的內容。故章句、師法、博士是相關聯的。」

〔註12〕章句與章句學之關係,可參看楊權:《論章句與章句之學》,《中山大學學報(社會科學版)》2002年第4期。

的主流〔註13〕，而《白虎通》在這一學術轉向的過程中功不可沒。因此，要想真正認識《白虎通》在經學史乃至在整個學術史上的重要地位，就有必要從下面兩個方面入手：在經學內部的學派紛爭中，《白虎通》代表了一種從「專守」走向「會通」的學術傾向；在政治與學術的相互糾纏和相互關係上，《白虎通》則代表了一種政治與學術相對分離的複雜趨勢。

「專守」與「會通」之間的矛盾是學術發展過程中經常會出現的，只不過在漢代由於政治的參與而引發了雙方之間的嚴重衝突，這一點在今、古文經學爭論的過程中表現的很清楚。今、古文之間的爭論在很大程度上就是兩種不同學風之間的交鋒，這一點在東漢時期的今、古文之爭中表現得也相當明顯。例如東漢初年的范升反對設立古文經博士的理由就是：「臣聞主不稽古，無以承天；臣不述舊，無以奉君。」〔註14〕而古文經學的代表陳元則對此作了有力的反駁，他說：「今論者沉溺所習，玩守舊聞，固執虛言傳受之辭，以非親見實事之道。左氏孤學少與，遂為異家之所覆冒。夫至音不合眾聽，故伯牙絕弦；至寶不同眾好，故卞和泣血。仲尼聖德，而不容於世，況於竹帛餘文，其為雷同者所排，固其宜也……此先帝後帝各有所立，不必其相因也。孔子曰：『純，儉，吾從眾；至於拜下，則違之。』夫明者獨見，不惑於朱紫，聽者獨聞，不謬於清濁，故離朱不為巧眩移目，師曠不為新聲易耳。」〔註15〕由此可見，今文經學的「保殘守缺」與古文今學的「博觀異家」是針鋒相對的，而這正是雙方之間鬥爭的主要學術原因。

「專守」的學風不僅對於學術發展本身十分有害，而且對政治統治的維護也十分不利，因為政治統治從來都需要多方面學術思想的維護和支持才能穩固，而非拘守著某一條真理即可萬世長存。因此，從政治的角度出發，對經學進行適當的「會通」是十分必要的，這一方面白虎觀會議以及《白虎通》可以說是一個突出的代表，由《白虎通》開啟和引領的這種學術風氣也成為東漢經學的主要特色，尤其是在東漢末年更是表現出了強大的生命力，史載「自秦焚《六經》，聖文埃滅。漢興，諸儒頗修藝文；及東京，學者亦各名家。而守文之徒，滯固所稟，異

〔註13〕金春峰：《〈周官〉故書之謎與漢今古文新探》，《中國文化》，第四期，商務印書館。

〔註14〕《後漢書・范升傳》。

〔註15〕《後漢書・陳元傳》。

端紛紜，互相詭激，遂令經有數家，家有數說，章句多者或乃百餘萬言，學徒勞而少功，後生疑而莫正。鄭玄括囊大典，網羅眾家，刪裁繁誣，刊改漏失，自是學者略知所歸。」〔註16〕在此，鄭玄正是運用了「會通」的方法最終完成了對漢代經學的重新整合，也正是因爲走了這樣一條融合的道路，而不是如先前的今古相爭時那樣斤斤計較於意氣之爭，才最終奠定了其在經學史上的重要地位。

《白虎通》同時肩負著政治與學術的功用。政治重在「致用」，而學術則重在「求眞」。兩漢時期的經學作爲主導學術形態，本身就有著強烈的「經世致用」色彩，但是，作爲一種學術形態其「求眞」的終極目的還是存在的，而如何才能發現和正確闡釋經典中眞正的「聖人之道」是兩漢經學在「求眞」方面所面臨的主要任務。相應地，在「求眞」上的爭論也構成了兩漢經學今古文之爭的一個重要方面。

可見，學術的爭論必然引發出對學術眞假、文獻眞假的辯難。但是也正是今文家這種在學術眞假、文獻眞假上與古文家之間的爭鬥和較量，最終導致了今文經學衰落的不可避免。因爲今文經在這些方面是無法與古文經相比的，無論是在文獻的眞實性上還是在學風的謹嚴紮實上，古文經都要比今文經學高出一籌。更何況由於今文經學與政治的過分緊密結合，在「致用」的追求上心情過於急迫和暴露，以致忘記了基本的學術規範和要求，「求眞」的功能已經嚴重削弱。而古文經學則與之相反，東漢初年的古文學家杜林曾對其弟子衛宏講：「古文雖不合時務，然願諸生無悔所學。」〔註17〕不求一時的顯耀，而追求眞理的精神，頗有點「爲學術而學術」的味道，古文經學在學風上的這種優勢和特點也是最終造成今、古文經學在東漢地位發生交替的原因之一。

同樣，「求眞」的學術風氣也不僅僅是學術發展的內在要求所致，政治領域內對「道眞」的追求也不可忽視，，《白虎通》正是在對「道眞」追尋的這一趨勢下產生，在一定程度上又促進了這一趨勢的進一步發展和壯大。

今古文經學的目的都是爲了「經世致用」，只有適當的「會通」才能眞正達到「求眞」的目的，「會通」與「求眞」二者在根本上就是一致的，這是學術發展的必然規律，也是漢代經學發展給予我們的啓示。

〔註16〕《後漢書·鄭玄傳》。

〔註17〕《後漢書·杜林傳》。

　　由皇帝欽定的《白虎通》內容包羅萬象，在政治、思想、倫理等各個方面，都為人們的行為作了規範，它是對西漢以來儒家思想發展的一次總結，在哲學範疇、思維方式、核心內容等方面完全繼承了董仲舒的天人感應神學目的論體系，並將這一體系發展的更為精細和完備，成為了東漢王朝二百年來儒學思想的代表作，足以代表兩漢的儒學思想。〔註18〕湯其領在他的《白虎觀會議與東漢政權的苟延》一文中評論了《白虎通》的經學地位。他在文中指出，會議彌縫了今古文之間的裂縫，促進了經學的繁榮發展，法定了人們的行為規範，使忠孝節義成為時代風尚，有效地遏制了外戚勢力的膨脹，維護了君主至上的地位，完成了思想領域的大統一，為東漢政權統治奠定了基礎。余敦康先生也認為《白虎通》一書標誌著統一經學的完成。它的出現標誌著漢代經學走向了統一，集中反映了漢代經學的基本精神和風貌。

〔註18〕張運生：《從〈白虎通〉看漢人眼中的儒家思想》第36頁，《牡丹江大學學報》2008
　　　　年第1期。

第三章　《白虎通》正文訓詁內容

在漢代，傳統的訓詁已進入興盛時期，而這一現象的出現並非偶然，而是政治、文化等多種因素綜合作用的結果。任何事物都要經歷一個由發生、發展到完善的過程，訓詁也不例外，它之所以能在漢代發展成熟並興盛起來，除了解決語言理解障礙這一內在動力外，還與訓詁實踐本身的發展密切相關。本著這種想法，我們對漢代的《白虎通》正文訓詁作了系統的梳理分析。結果發現，《白虎通》正文中解釋了大量的實詞，其訓詁材料十分豐富。全文總計43篇（「闕文」部分不計）308章，覆蓋了爵、號、諡、祭祀、禮樂、封侯、建都、五行、軍隊、誅伐、諫諍、鄉射、致仕、祥瑞、災異、封禪、巡狩、耕桑、教育、卜筮、聖人、商賈、曆法、綱常、情性、壽命、宗族、姓名、天地、日月、四時、五經、五刑、嫁娶、冠冕喪服等涉及自然、社會、倫理、人生和日常生活的各個方面。具體例說如下。

一、社會等級制度

爲了給帝王的統治奠定一個堅實的理論基礎，得到神聖化的服務。在《白虎通》中《爵》、《號》、《諡》等篇中，規定了天子、諸侯、大夫、士、庶人、君子等社會階層的地位及職能。爵制是封建社會等級制度的重要內容，《白虎通》中王有爵號，臣亦有爵號。

（一）王之爵號

《白虎通》中君主有「天子」、「皇」、「帝」、「王」等稱呼。其中「天子」

是爵稱，既體現了「天子」的權力來自於「天」，因而是人間的最高爵位；又可知道「天子」是「上天之的兒子」，而「天子作民父母，以爲天下王」(《白虎通‧爵》君的爵稱爲「天子」，體現著人間的社會等級；而「皇」、「帝」、「王」是號，顯示了君主的功德。

> 帝王者何？號也。號者，功之表也。所以表功明德，號令臣下者也。德合天地者稱帝，仁義合者稱王。別優劣也。《禮記‧謚法》曰：「德象天地稱帝，仁義所生稱王。」帝者天號，王者五行之稱也。皇者，何謂也？亦號也。皇，君也，美也，大也。天人之總。美大之稱也。時質，故總稱之也。號言爲帝何？帝者，諦也。象可承也。王者，往也。天下所歸往。（《白虎通‧號》，頁 43～45）

帝必須是德合天地才可稱帝，「帝」在「天子」、「皇」、「帝」、「王」等稱呼中功能最高，體現著天意，而「王」僅是「仁義合」。因此，「帝」與「王」相比優勢明顯。

除了「帝」、「王」有區別外，「帝」、「皇」也不同。「皇」爲「君也，美也，大也」，「美大之稱」，多表現爲榮譽性的稱謂。與「皇」相比，「帝」不僅是榮譽性、象徵性的稱謂，而且擁有天下，能夠治理民眾。

「皇」、「帝」、「王」的這些差別，是漢代君主不斷進行調整的結果。但是這些稱謂又可都指一人，那就是君主。君主稱謂的多樣性顯示著不同的功用。「帝」的「德合天地」是說君主的功德可與天地媲美；「王」的「仁義合」則是說君主是仁義的模範；「皇」爲「美」、「大」則表明君主的功德光輝燦爛無比。再者，又說「帝者，天號；王者，五行之稱」，「皇」則是「天人之總」。這樣看來君主的這些稱謂來源於神性的世界，被神聖化。其神化的目的很明顯，都是爲等級秩序作論證，達到「號令臣下」的目的：「或稱天子，或稱帝王何？以爲接上稱天子者，明以爵事天也。接下稱帝王者，明位號天下至尊之稱，以號令臣下也。」(《白虎通‧論王者接上下之稱》)

綜上所述，我們可以勾畫出君主的形象：他受命於天，故有神力保祐他；他功德無量，是一切完美的化身；他威嚴，擁有一切權力；他又帶著慈祥，使臣民心歸往之。

（二）臣的封號

《白虎通·三綱六紀》說：「臣者，纏堅也，厲志自堅固也」可見臣應是忠誠無二地服從君主。和對君主稱謂的大篇幅論述相比，《白虎通》對臣的「號」論述極少，僅有「臣」這一個稱謂，但對臣的「爵」卻論述頗為詳細。它把大臣的爵位分為內爵、外爵。爵分三等、五等。具體來說，「質家者據天，故法三光」，分為三等：公、侯、伯。「文家者據地，故法五行」分為五等：公、侯、伯、子、男。這五種外爵爵位在《白虎通》中有不同的含義，而且不同的含義又蘊涵著不同的要求：

> 所以名之爲公侯者何？公者，通也。公正無私之意也。侯者、候也。候逆順也。人皆千乘，象雷震百里所潤同。伯者，白也。子者，孳也。孳孳無已也。男者，任也。人皆五十里。差次功德。小者不滿爲附庸。附庸者，附大國以名通也。（《白虎通·論制爵五等三等之異》，頁7～11）

「公」為「公正無私之意」，要忘掉私利，以國，君為主。「侯」與「候」通，為候伺、伺望之義，以候伺王的需求為己任。「伯者，白也。」為明白之義，與「公」之義相類似，為「伯」者不隱藏自己的私情。「子者，孳也」，是勤奮不已之義，應「孳孳無已」地宣揚君主的恩德。「男者，任也。」擔任某項具體的職責。為「男」者要求建功立業，教化民眾。

內爵分公、卿、大夫三等。「內爵稱公卿大夫何？爵者，盡也。各量其職，盡其才也。公之爲言公正無私也。卿之爲言章也，章善明理也。大夫之爲言大扶，扶進人者也。」（《白虎通·論天子諸侯爵稱之異》，頁16～17）

公以上已解釋，卿「章善明理」，大夫「扶進人」卿大夫以「進賢達能」為己任。如此看來，《白虎通》刻畫的大臣形象為對上任勞任怨，各盡其能，對己他壓制私欲，大公無私地為君主服務，對下他孜孜不倦地宣揚君主的恩德，舉拔其中的賢能，以教化民眾為己任。

外爵和內爵的劃分併不一樣。內爵主要依據個人的才能。外爵可以世襲，內爵則不能。《白虎通·論諸侯繼世》說：「何以言諸侯繼世？以立諸侯象賢也。大夫不世位何？股肱之臣，任事者也。為其專權擅勢，傾覆國家。又曰：孫首也庸，不任輔政，妨塞賢路，故不世位。」

內、外爵的劃分，其根本目的是維護君臣秩序的穩定。

二、宗法制度

在家庭和君臣關係之間，還有一套與血緣有關的宗族關係。所謂的宗法制度即血緣宗法制度，它標榜尊崇祖先，維護世系血緣，重視家族，在家族內部分等級，有高低貴賤之別，並規定了繼承的次序及宗族成員的地位和各自的權力、義務，以此來維護宗族內部的穩定。透視《白虎通義》的《宗族》、《姓名》、《嫁娶》這些篇章，我們可以清楚地看到宗法制度和宗法觀念留下的深深烙印。什麼是宗？《白虎通·論五宗》釋「宗」說：「宗者，尊也。爲先祖主者，宗人之所尊也。古者所以必有宗，何也？所以長和睦也。大宗能率小宗，小宗能率群弟，通其有無，所以紀理族人者也。」什麼是族呢？《白虎通·論九族》說：「族者，湊也，聚也。謂恩愛相流湊也。上湊高祖，下至玄孫，一家有吉，百家聚之，合而爲親，生相親愛，死相哀痛，有會聚之道，故謂之族。」「宗」是尊敬的象徵，《白虎通》中認爲「宗廟」的得名源於它象先祖之貌，表示對祖先的尊敬，其地位是尊貴的；而「族」必須服從尊者，它表示著凝聚宗族成員的力量，營造一種和諧，相親相愛互助的氛圍。

在《白虎通·姓名》中，對宗族問題還進行了補充說明。它說：「人所以有姓名何？所以崇恩愛，厚親親，遠禽獸，別婚姻也。故紀世別類，使生相愛，死相哀，同姓不得相娶者，皆爲重人倫也。」就是說用同一個姓來確定我們是否是同宗的人。「宗族」是基於血緣關係而結成生活群體。宗族內部有上下尊卑之別，也有一定的等級和制度。再者，同姓之間不得通婚。

宗法制度下的家庭內部父子成員之間，父親相對於兒子來說是居高臨下的，父親的姓一定在兒子的名前，而兄弟之間，由於年齡的大小不同，命名時也有大小之別，年長的一定在前，年幼的一定在後。如《白虎通·姓名》：「稱號所以有四何？法四時用事先後，長幼兄弟之象也。故以時長幼號曰伯仲叔季也。伯者，長也。伯者，子最長迫近父也。仲者，中也。叔者，少也。季者，幼也。」

夫妻之間，男性擁有父權和夫權，他們的責任是建功偉業，猶似頂天立地的救世主，「扶以人道」，可以凌駕於妻子之上，而妻子只能低眉順眼的操持家務，侍奉包括丈夫在內的家人。如《白虎通·嫁娶》：「男女者，何謂也？男者，

任也，任功業也。女者，如也，從如人也。在家從父母，既嫁從夫，夫歿從子也。又如：「夫婦者，何謂也？夫者，扶也，扶以人道者也。婦者，服也，服於家事，事人者也。

　　總而言之，在中國的宗族內部成員的關係表現爲：男尊女卑，長尊幼卑。

三、禮樂教化

　　《白虎通》作爲東漢正統經學，對於「教化」的作用是深信不疑的。《白虎通・三教》：「教者，何謂也？教者，效也。上爲之，下傚之。民有質樸，不教而成。故《孝經》曰：『先王見教之可以化民。』《論語》曰：『不教民戰，是謂棄之。』《尚書》曰：『以教祗德。』《詩》云：『爾之教也，欲民斯效。』」從天道、歷史和人性三個方面都爲「禮樂教化」必要性和可能性提供了依據。《白虎通・性情》：「性情者，何謂也？性者陽之施，情者陰之化也。人稟陰陽氣而生，故內懷五性六情。情者，靜也。性者，生也。此人所稟六氣以生者也。故《鉤命決》曰：『情生於陰，欲以時念也。性生於陽，以就理也。陽氣者仁，陰氣者貪，故情有利欲，性有仁也。』」上天的陰、陽之性決定了人的「情」、「性」，而教化的目的就是要維護陽氣之「仁」，抑制陰氣之「貪」。對人性論上的理論探索爲教化增加了必要性與合理性，《白虎通・辟雍》：「學之爲言覺也。以覺悟所不知也。故學以治性，慮以變情。故玉不琢不成器，人不學不知義。子夏說：『百工居肆以成其事，君子學以致其道。』故《曲禮》曰：『十年曰幼，學。』《論語》曰：『吾十有五而志於學，三十而立。』又曰：『生而知之者，上也。學而知之者，次也。』是以雖有自然之性，必立師傅焉……天子之大子，諸侯之世子，皆就師於外者，尊師重先王之道也。」可見人只具有質樸自然的本性還不夠，還需要後天的教化和學習才可稱之爲「本質」。

　　《白虎通》的禮樂教化不僅是教人達到「本質」，其最根本目的是爲政治統治服務的。「政」不能離開「教」，「教」也不能離開「政」，「政」與「教」二者分不開。「政」必須以「教」爲指導，而「爲教」的主要途徑和方式就是「禮樂教化」。例如《白虎通・鄉射》：「父事三老，兄事五更」，「王者父事三老，兄事五更者何？欲陳孝悌之德以示天下也。故雖天子必有尊也，言有父也。必有先也，言有兄也。天子臨辟雍，親袒割牲，尊三老，父象也。謁者奉几杖，授安車軟輪，供綏執授，兄事五更，寵接禮交加，客謙敬順貌也。《禮記・祭義》云：

『祀於明堂，所以教諸侯之孝也。享三老、五更於太學，所以教諸侯之弟也。不正言父兄，言老、更者，老者，壽考也。欲言所令者多也。更者，更也，所更歷者眾也。即如是，不但言老言三何？欲其明於天地人之道而老也。五更者，欲其明於五行之道而更事也。」又如君主有暫不臣者，《白虎通・王者不臣》：「王者有暫不臣者五，謂祭尸，授受之師，將帥用兵，三老，五更。不臣祭尸者，方與尊者配也。不臣授受之師者，尊師重道，欲使極陳天人之意也。故《禮・學記》曰：『當其為師，則弗臣也。當其為尸，則不草也。』不臣將帥用兵者，重士眾為敵國，國不可從外治，兵不可從內御，欲成其威，一其令。《春秋》之義，兵不稱使，明不可臣也。不臣三老五更者，欲率天下為人子弟。《禮》曰：『父事三老。兄事五更。』」

同時，《白虎通》提出「三教」理論作為王朝「撥亂反正」的主要途徑和要求。《白虎通・三教》：「王者設三教者何？承衰救弊，欲民反正道也。三正之有失，故立三教，以相指受。夏人之王教以忠，其失野，救野之失莫若敬。殷人之王教以敬，其失鬼，救敬之失莫若文。周人之王教以文，其失薄，救薄之失莫若忠。繼周尚黑，制與夏同。三者如順連環，周而復始，窮則反本」。「《樂・稽耀嘉》曰：『顏回尚三教變，虞夏何如？』曰：『教者，所以追補敗政，靡弊溷濁，謂之治也。舜之承堯無為易也』。「忠形於悃忱故失野，敬形於祭祀故失鬼，文形於飾貌故失薄。」

此外，《白虎通》中的「刑罰」也有教化的功能。如《白虎通・刑罰》：「聖人治天下，必有刑罰何？所以佐德助治，順天之度也。故懸爵賞者，示有所勸也。設刑罰者，明有所懼也。《傳》曰：『三皇無文，五帝畫像，三王明刑，應世以五。』五刑者，五常之鞭策也。」正是由於刑罰在道德上也有規定性，使得觸犯刑罰的人不僅要在法律上接受懲處，在道德上也為社會所不容。

四、陰陽五行觀

《白虎通》認為天的運行與其意志是通過陰陽、五行來實現的，所以《白虎通》中陰陽、五行有三層不同的含義。第一是自然含義，陰陽五行都是氣，是自然界最基本的物質力量，它們之間相互作用是自然現象變化的根源。第二種是神學的含義，陰陽五行是在天的主宰之下運行變化，體現天的意志，輔助天生成萬物。第三種是社會倫理的含義，陰陽五行之間的關係也是社會倫理關

係，體現政治與道德的目的，是人類社會等級制度與倫理規範的依據。如劃分爵位等級或法三光或法五行；三教法三光；禮樂中講到五音法五行等等。它說：「五行者，何謂也？謂金、木、水、火、土也。言行者，欲言爲天行氣之義也。」「五行之性，或上或下何？火者陽也，尊，故上。水者陰也，卑，故下。木者少陽，金者少陰。土者最大，苞含物，將生者出，將歸者入，不嫌清濁，爲萬物母。」「五行所以二陽三陰何？尊者配天，金木水火，陰陽自偶。」（《白虎通‧五行》）藉此，《白虎通》把陰陽與五行完美的結合在了一起，五行也就是陰陽，是由陰陽分化而來的具體形態。

另外，《五行》篇中還大量的例舉了「人事取法五行之義」：

「父死子繼何法？法木終火王也。」

「兄死弟及何法？法夏之承春也。」

「主動臣攝政何法？法土用事於季孟之間也。」

「子順父，妻順夫、臣順君何法？法地順天也。」

「臣有功歸於君何法？法歸明於日也。」

「君有眾民何法？法天有眾星也。」

「王者賜，先親近後疏遠何法？法天雨，高者先得之也。」

「不以父命廢王命何法？法金不畏土而畏火。」

《白虎通》還把陰陽五行與春、夏、秋、冬四時；東、西、南、北、中五方結合在一起，解釋自然界中的現象。如：「歲時何？謂春、夏、秋、冬也。時者，期也。陰陽消息之期也。」（《白虎通‧四時》）它認爲「木」爲少陽，居在東方，主管春季；「火」爲太陽，位在南方，主管夏季；「金爲少陰，位在西方，主管秋季；水爲太陰，位在北方，主管冬季。土爲至陰，位置在中央。「水位在北方，北方者，陰氣在黃泉之下，木在東方，東方者陰陽氣始動，火在南方，南方者陽在上，金在西方，西方者陰始起，土在中央者，主吐含萬物」（卷四《五行》，頁 124）。

此外，《白虎通》用陰陽學說詮釋晝夜變化：「所以必有晝夜何？備陰陽也。日照晝，月照夜，日所以有長短何？陰陽更相用事也。」（卷九《日月》，頁 412）

《白虎通》通過論述五行相生、相勝的理論來表達封建統治在宇宙論上的合法性。「木生火者，木性溫暖伏其中，鑽勺而出，故生火；火生土者，火熱則能焚木，木焚而成灰，灰即土也，故火生土；土生金者，金居石依山津潤而生，

聚土成山，山必生石，故土生金；金生水者，少陰之氣，溫潤流澤，銷金以爲水，所以山雲而從潤，故金生水；水生木者，因水潤而能生，故水生木。」「五行所以相害者，天地之性，眾勝寡，故水勝火也；精勝堅，故火勝金；剛勝柔，故金勝木；專勝散，故木勝土；實勝虛，故土勝水也。」（《白虎通·五行》）它根據五行的這種「天地之性」，來解釋整個自然現象和人事關係，認爲封建王朝的更替和人類社會歷史的發展，就是按照「五行休王法」來進行的。「五行所以更王何？以其轉相生，故有始終也。木生火，火生土，土生金，金生水，水生木；是以木王、火相、土死、金囚、水休。王所勝者死、囚，故王者休。」

　　總的來說，《白虎通》通過論述天志、陰陽、五行的相互關係是爲了把人間的一切都置於宇宙論的依據之下，求得合理的解釋，使人們能夠接受，並自覺地服從和遵循。它同時也說明了儒家思想在對黃老學說、陰陽五行學說、術數方技知識的兼容已經成功完成，經典的解釋系統也確立了起來。從此，儒家思想也掌握了一般知識系統的解釋權，成爲實際地控制或滲透於百姓生活之中的意識形態。「陰陽五行」與政治秩序的政治文化傳統也經由《白虎通》得以確立下來，影響此後的整個封建時代。

五、官員管理制度

　　東漢採用三公制，這種制度既適合光武帝加強君權、削弱相權的需要；又可提高統治效率、鞏固王朝統治。如：《白虎通·封公侯》：「王者所以立三公九卿何？曰：天雖至神，必因日月之光，地雖至靈，必有山川之化。聖人雖有萬人之德，必須俊賢。三公九卿、二十七大夫、八十一元士，以順天成其道。」

　　在設立三公九卿等職官之下，爲了表達天子重視黎民百姓，重視任用賢能之人來爲天下謀福祉，《白虎通》還實行了分封諸侯，它在《封公侯》中講到：「王者立三公、九卿、二十七大夫、足以教道照幽隱，必復封諸侯何？重民之至也。善惡比而易知，故擇賢而封之，以著其德，極其才，上以尊天子，備蕃輔。下以子養百姓，施行其道。開賢者之路，謙不自專，故列土封賢，因而象之，象賢重民也。」公侯國轄連郡之地，統治區域內租賦所出，歸公侯支配，境內物產亦歸其所有。公侯國設官，同朝廷的建制一樣，設有太傅、丞相、中尉、御史大夫、廷尉少府、宗正、博士、諸大夫、郎官各司國政。〔註1〕

〔註1〕羅輝映主編，《中國政治制度史》，四川大學出版社，1988年版，第51頁。

另外，在《白虎通‧封公侯》中還專門論述了「設牧伯」。它說：「州伯者，何謂也？伯，張也。選擇賢良，使長一州，故謂之伯也。」其作用有二：一是使大夫往來牧視諸侯。二是嚴格控制諸侯封地的面積。這種分封制度也考慮到親親原則。「王者即位，先封賢者，憂民之急。故列土爲疆非爲諸侯，張官設府非爲卿大夫，皆爲民也。」

在職官制度上，《白虎通》著重談論了一些與之相關幾個問題：一是朝聘之禮，《白虎通‧闕文》論「朝聘」：「所以制朝聘之禮何？以尊君父，重孝道也。聘者，問也。緣臣子欲知其君父無恙，又當奉土地所生珍物以助祭，朝者，見也。五年一朝備文德而明禮義也。」爲臣諫諍之義，如《諫諍》篇。二是考績制度，如《玫黜》。漢代考課官吏自下而上，逐級進行。每年秋冬一小考，各縣令長與侯國相向郡國呈上計簿，由郡國守相考覈屬縣，成績優異者遷。補優缺或提升。三年一大考，受考者據政績事情參加公開評議，逐級匯總，最後由丞相總承天子，天子根據考課結果對爲政以德者，進行獎賞，此賜九錫之義。（《白虎通‧玫黜》論「九錫」）。三是選任官員與官員退任，如《闕文‧貢士》《致仕》。從《致仕》篇可知，官吏年七十，耳目不聰，腿腳不便，照例須致仕，或因疾病亦可致仕。退任後的待遇是，兩千石以上的公卿大夫蟬三分其祿，以一與之，「死以大夫禮葬」。官吏致仕的制度化，在官場上形成了年老告退之風，使上下官吏不斷更新，對社會政治、經濟、文化有一定積極作用。

六、軍事與刑法

中國古代的統治階級爲了奪取和鞏固政權，就必須在組織、管理、使用軍事力量的活動中形成一套制度。我們清楚的知道，王權的產生與戰爭直接相關。要發動戰爭，就必須要有軍隊，因此軍事是國家政治生活中非常重要的內容。《白虎通》中《三軍》《誅伐》兩篇都是關於軍事的。綜合分析《三軍》《誅伐》兩篇，可以看到其規定的軍事方面的內容有：

一、皇權支配國家軍隊。《白虎通‧三軍》：「諸侯所以一軍者何？諸侯，蕃屛之臣也。任兵革之重，距一方之難，故得有一軍也。」皇帝對封國軍隊不具有實質的控制權。但對國家軍隊無論是調動、‧征集、將領的任免，還是軍事訓練的督導權、有關軍隊的財政調撥、軍制建設與賞罰等等都必須聽從皇帝的詔令。

二、以法治軍。軍隊是國家政權的重要支柱，刑法的實施，有時依賴軍隊做後盾。同樣的軍隊的管理與建設也需要紀律的約束，按照軍法行事，才能號令統一。從《白虎通》中我們可以看到以下幾點內容：一是三軍的建制。《白虎通·三軍》：「三軍者何法？天地人也。以爲五人爲伍，五五爲兩，四兩爲卒，五卒爲旅，五旅爲師，五師爲軍。萬二千五百人爲一軍。三軍三萬七千五百人也。」二是出兵要行禮法。《白虎通·三軍》「王者征伐，所以必皮弁素幘何？伐者凶事，素服示有悽愴也。伐者質，故衣古服。」「王者將出，胖於禰，遠格於祖禰者，言子辭面之理，尊親之義也。」三是將在外君命有所不受。「大夫將兵出，不從中御者，欲盛其威，使士卒一意繫心也。故但聞軍令，不聞君命，明進退在於大夫也。」四是誅伐不避親。《白虎通·誅伐》：「誅不避親戚何？所以尊君卑臣，強幹弱枝，明善善惡惡之義也。」五以仁德冠用兵之道。《白虎通·誅伐》中講到「誅者何謂也？誅猶責也。誅其人，責其罪，極其過惡。討者何謂也？討猶除也。欲言臣當掃除弒君之賊也。伐者何謂也？伐者，擊也。欲言伐擊之也。征者何謂也？征猶正也。欲言其正也。輕重從辭也。」就是說誅、討，伐、征四種用兵方式都是出自正義，是要掃除亂臣賊子，以正朝廷綱紀。六何種情況休兵罷戰。《白虎通·誅伐》：「諸侯有三年之喪，有罪且不誅何？君子恕己，哀孝子之思慕，不忍加刑罰。冬至所以休兵不舉事，閉關商旅不行何？此日陽氣微弱，王者承天理物，故率天下靜，不復行役，扶助微氣，成萬物也。」這是說有罪的諸侯服孝期間罪責可，以暫時不追究。冬天的時候要休兵罷戰關閉邊防關隘，以順天時扶助萬物。

君主的首要任務是利用一切手段維護自己統治，法律是統治階級意志的集中體現，是維護統治不可少的手段。《白虎通》的刑法體現了以下幾大特點：

一在法律制度上重刑法建設，而輕民法。如《白虎通·五刑》：「科條三千者，應天地人情也。五刑之屬三千，大辟之屬二百，宮辟之屬三百，腓辟之屬五百，劓、墨辟之屬各千，張布羅眾，非五刑不見。」作爲專門涉及法律制度的篇目，五刑所講的都是刑法上的。

二是在施行的目的方面側重的是罰而不是法，即追求達到懲罰的效果，而不是追求法理和教化的作用。《白虎通·五刑》：「聖人治天下，必有刑罰何？所以佐德助治，順天之度也。故懸爵賞者，示有所勸也。設刑罰者，明有所懼也。」刑法思想是在儒家教化失敗之後用以處罰用的。它認爲用刑法是爲了輔助德

政，實現使人畏懼的目的，以鞏固集權統治。「五刑者，五常之鞭策也。刑所以五何？法五行也。」它以法五行來解釋這五大刑罰的合法性和權威性。「劓者，劓其鼻也。腓者，脫其臏也。宮者，女子淫，執置宮中，不得出也。丈夫淫，割去其勢也。大辟者，謂死也。」這些刑法都非常的殘酷，目的就是要起到威懾作用。

三是在執法過程中重視制度的有效實施，而不重視情理法的綜合考量。《白虎通・五刑》：「刑不上大夫何？尊大夫。禮不下庶人，欲勉民使至於士。故禮為有知制，刑為無知設也。」在對特權級違法事務的糾察中，既有不別親疏，大義滅親的公正司法案例，也有靈活變通，法外施恩的情況，更有嚴酷殘忍，這些都取決於皇帝的意志，取決於皇帝所把握的是否對維護皇權統治有力的標準。

四是「禮」「法」交融。在百姓生活中，「禮」起了很大的作用，凡是不符合儒家倫理道德規範和禮制規定的，都被視為違法，對這些行為的處罰主要是地方官員和宗族來執行，沒有統一的規定。

五是對死刑的執行則遵循天地萬物運行的陰陽五行規則，在秋天執行，正是《白虎通》的這個規定之後，東漢以後的所有朝代才有了秋後問斬的傳統。

七、衣冠制度

衣冠服飾在中國古代制度史上有著重要的地位，為歷代帝王所重視，大多數朝代都制定了相應的服飾制度。上自皇帝，下至黎民百姓，穿衣帶帽的樣式、顏色、紋飾、質料、尺寸等，都有嚴格的規定。從《白虎通》中《衣裳》、《紼冕》篇，我們看到了《白虎通》有關服飾的規定。主要有以下幾點：

一服飾的的功能。《衣裳》說：「聖人所以制衣服何？以為締綌蔽形，表德勸善，別尊卑也。衣者，隱也。裳者，彰也。所以隱形自障閉也。易曰：黃帝、堯，舜垂衣裳而天下治。」《紼冕》說：「紼者，何謂也？紼者，蔽也，行以蔽前者爾。有事因以別尊卑，彰有德也。」很明顯服飾的功能就是遮蔽裸露的身體，是表德勸善的文明產物，還有就是用以區別身份地位的尊卑。

二衣服飾物的功能與內涵。《衣裳》篇講衣裳是用以蔽體，「上為衣，下為裳」。裘用以取暖，「裘，所以佐女功助溫也。古者緇衣羔裘，黃衣狐裘。」帶有紳帶、肇帶，「所以必有紳帶者，示敬謹自約整也。績繪為結於前，下垂三分，

身半，紳居二焉。所以有鞶帶者，示有金革之事也。」佩是用來彰顯佩帶者的德性和能力。「所以必有佩者，表德見所能也。故循道無窮則佩瑗。能本道德則佩琨。疑則佩玦。是以見其所佩即知其所能。」「佩即象其事。若農夫佩其耒耜，工匠佩其斧斤。」《紼冕》篇講紼：「朱者盛色也。是以聖人法之用爲紼服，爲百王不易也。紼以章爲之者，反古不忘本也。」冠和行冠禮，「所以有冠者何？冠者，捲也，所以捲持其髮者也。皮弁是上古之時流傳下來戰伐田獵之時戴的一種冠。「皮弁者，何謂也？所以法古至賞，冠之名也。上古之時膚，先加服皮以鹿皮者，取其文章也。戰伐田獵，此皆服之。」講麻冕，「麻冕者何？周宗廟之冠也。」「十一月之時，陽氣僥仰黃泉之下，萬物被施如冕，前俯而後仰，故謂之冕也。謂之收者，十三月之時，陽氣收本，舉生萬物而逹出之，故謂之收。」委貌，「委貌者，何謂也？周朝廷理政事，行道德之冠名。所以謂之委貌何？周統十一月爲正，萬物始萌小，故爲冠飾最小，故爲委貌。委貌者，言委屈有貌也。」

三穿著服飾遵循別尊卑等級的原則貫穿始終。如《衣裳》：「天子狐白，諸侯狐黃，大夫服蒼，士羔裘，亦因別尊卑也。「天子佩白玉，諸侯佩玄玉，大夫佩水蒼玉」。如《紼冕》：「天子朱紼，諸侯赤紼。」此外，冕是天子專用的，委貌是朝會時群臣戴的一種冠，爵弁是祭祀宗廟時士人戴的冠，這些都是按等級來規定的。

四服飾規定的指導思想是儒家的仁義道德。《衣裳》講裘時說：「禽獸眾多，獨以狐羔何？取其輕媛，因狐死首邱，明君子不忘本也。羔者，取其跪乳遜順也。」用以避寒的裘服都是君子德性的表現。《紼冕》：「人懷五常，莫不貴德，示成禮有修飾文章，故制冠以飾首，別成人也。」因爲人們都在追求道德修養，戴冠就是一種修飾，是文明的表現。

以上的分析可以看出《白虎通》的衣冠制度也打上濃厚的封建等級制度，給統治階級的舒適生活扣上正義合法的名義。

八、婚喪習俗

我國的婚姻喪葬習俗有著幾千年的悠久歷史。《白虎通義》中有關婚喪文化的內容集中在《嫁娶》、《喪服》、《崩薨》三篇。這些有關婚喪嫁娶的訓詁內容，往往折射出古代社會的等級制度、價值觀念、風俗習慣等。

（一）婚姻內容

1、是何爲嫁娶。「人道所以有嫁娶何？以爲情性之大，莫若男女，男女之交，人倫之始，莫若夫婦。人承天地施陰陽，故設嫁娶之禮者，重人倫，廣繼嗣也。男娶女嫁何？陰卑，不得自專，就陽而成之。」人分男女，男女之交，以婚姻方式結合組成家庭。男爲陽，女爲陰，陽尊而陰卑，所以男稱娶，女稱嫁，並且爲人子女婚姻大事不能擅自做主，必須有父母之命，媒妁之言。

2、是建立婚姻關係的幾個重要規定：首先是男女雙方的適婚年齡，「男三十而娶，女二十而嫁何？陽數奇，陰數偶也。男長女幼者何？陽道舒，陰道促。男三十筋骨堅強，任爲人父，女二十肌膚充盈，任爲人母，合爲五十，應大衍之數，生萬物也。」「七，歲之陽也。八，歲之陰也。陰陽之數備，有相偶之志。故《禮記》曰：「女子十五許嫁，筓而字。」禮之稱字，陰繫於陽，所以專一之節也。陽尊，無所繫。陽舒而陰促，三十三數終奇，陽節也。二十再終偶，陰節也。陽小成於陰，大成於陽，故二十而冠，三十而娶。陰小成於陽，大成於陰，故十五而筓，二十而嫁也。」其次論定親迎親事宜：「禮曰：女子十五許嫁，納采，問名，納吉，請期，迎親，以雁爲贄。納徵用玄纁，不用雁也。贄用雁者，取其隨時而南北，不失其節，明不奪女子之時也。又是隨陽之鳥，妻從夫之義也。講的就是定親時要用的彩禮和迎親時男方親迎的原因。最後是夫婦相處之道，主要內容有「妻不得去夫」，「事舅姑與夫之義」等。

（二）喪葬禮儀內容

1、服喪時間的規定。無論天子，還是庶民，守孝時間名爲三年，實際上服孝二十五個月。《喪服》篇：「三年之喪何二十五月？以爲古民要，痛於死者，不封不樹，喪期無數，亡之則除。後代聖人，因天地萬物有始終，而爲之制，以期斷之。父至尊，母至親，故爲加隆，以盡孝子之恩。恩愛至深，加之則倍。故再期二十五月也。」

2、服喪用具，衰裳、麻短、箭筓·繩纓，苴杖、杖。《喪服》篇：「喪禮必制衰麻何？以副意也。服以飾情，情貌相配，中外相應。故吉凶不同服，歌哭不同聲，所以表中誠也。布衰裳，麻短，箭筓，繩纓，苴杖，爲晷及本經者，亦示也，故總而載之，示有喪也。腰至短，以代紳帶也。所以結之何？思慕腸若結也。必再結云何？明思慕無已。」穿著衰裳腰間結麻短是爲了表達服孝者

的哀痛之情和眞誠的孝心；而用箭笴、繩纓，苴杖是起告示眾人的作用，告示相鄰家中有喪事。「所以必用杖者，孝子失親，悲哀哭泣，三日不食，身體羸病，故杖以扶身，明不以死傷生也。禮，童子婦人不杖者，以其不能病也。」

3、孝子服孝期間的言行與飲食起居。《喪服》篇：「孝子必居倚廬何？孝子哀，不欲聞人之聲，又不欲居故處，居中門之外。倚木爲廬，黃反古也。不在何？戒不虞故也。」「喪禮不言者何？思慕盡情也。」

服喪期間孝子要住在中門外東牆下搭建木廬裏（婦人不住在廬內），廬內不能有任何裝飾。此外，在喪禮上孝子不能說話，只以嚎啕大哭來宣泄思親之情。這些都是正常情況下的服喪禮儀，服喪時如果出現一些特殊情況，是可以變禮的。如《喪服》篇中說「喪有病，得飲酒食肉何？所以輔人生己，重先祖遺支髓也。」服喪期間如果生病是可以飲酒食肉的，這是爲了保重先祖留給自己的身體，這也是行孝。

4、奔喪弔唁。在日常生活中，除了要注意遵守自家行喪事的禮儀，還要參加別人的喪禮，這就有弔唁活動。《白虎通・喪服》認爲外出弔唁是外事由男子負責，婦人不得外出弔唁。它說：「婦人不出境弔者，婦人無外事，防淫泆也。」

另外還有哭喪，《喪服》篇中提到：「聞喪，哭而後行何？盡哀舒憤然後行。「既除喪，乃歸哭於墓何？明死復不可見，痛傷之至也。」

九、教育制度

中華民族有著悠久燦爛的文明歷史，這與中國古代的教育是密切相關的。在古代，中國就十分重視教育，把教育看作是社會政治生活中一件大事，即所謂「致天下之治者在人才，成天下之才者在教化，教化之所本者在學校。」《白虎通》中的《三教》、《辟雍》、《三綱六紀》闡釋了古代的教育觀念、教育體制及教育制度，以期充分發揮儒家思想教化人心的作用。

首先《白虎通》提到了教育的作用：一是人雖賦有先天的德性，但是還得用教育來疏導，才能發覺並利用這些先天的德性，從而將之固有爲自身內在的德行。如《白虎通・辟雍》篇講：「學之爲言覺也。以覺悟所以不知也。故學以治性，慮以變情。故玉不琢不成器，人不學不知道。是以雖有自然之性，必立師傳焉。」又如《白虎通・五經》裏講：「經所以有五何？經，常也。有五常之道，故曰五經。樂仁，書義，禮禮，易智，詩信也。人情有五性，懷五常不能

自成，是以聖人象天五常之道而明之，以教人成其德也。」二是東漢時期的教育對人自身的作用只是次要的一部分，最主要的是爲了階級統治的需要而施行教育，東漢的統治者奉行以儒道治理天下，以儒學教化黎民，培養忠臣順民。如《白虎通‧辟雍》篇講：「天子立辟雍何？辟雍所以行禮樂、宣德化也。天子所以立明堂何？所以考天人之心，祭陰陽之會，揆星辰之證驗，爲萬物獲福無方之元　天子立明堂者，所以通神靈、感天地、正四時、出教化、宗有德、重有道、顯有能、褒有行者也。」又如《白虎通‧三教》篇「論教」時稱：「王者設三教何？承衰救弊，欲民反正道也。」「教者，何謂也？教者，效也，上爲之，下傚之。民有質樸，不教而成。故《孝經》曰：『先王見教之可以化民』。」「論三教所法」時說：「教所以三何？法天、地、人　忠法人，敬法地，文法天。」三教的「忠、敬、文」是效法天、地、人。「教」是效法，用「忠、敬、文」三種規定來教化臣民，使其對君主忠誠，言行恭敬有禮，並有一定的禮儀，強調了百姓天性淳樸，實行教化的必要性。

其次，《白虎通》中也提到了東漢教學所用的主要以《詩》、《書》、《禮》、《易》、《春秋》五經爲教材。《白虎通‧五經》：「五經何謂？《易》，《尚書》，《詩》，《禮》，《春秋》也。《禮經》解曰：『溫柔寬厚，《詩》教也。疏通致遠，《書》教也。廣博易良，《樂》教也。潔靜精微，《易》教也。恭儉莊敬，《禮》教也。屬詞比事，《春秋》教也。』」《白虎通》選用的教材，奉行的指導思想和教授的內容的目的都是爲統治服務的。

再者，教育機構的設置不同。在古代，由於身份的尊卑，所受的教育就有所不同，受教育的地方名稱也不同。如：王制曰：「小學在公宮南之左，大學在郊。」小學，經藝之宮。大學者，辟雍鄉射之宮。王制曰：「天子曰辟雍，諸侯曰泮宮。」諸侯曰泮宮者，半於天子宮也。明尊卑有差，所化少也。鄉曰庠，里曰序。庠者庠禮義，序者，序長幼也。「辟雍」是古代的一種學宮，是爲貴族子弟設立的太學，貴族子弟在裏面學習作爲一個貴族所需要的各種技藝。他們從十多歲開始要寄宿在城內的小學，學習經藝，十五歲時進入郊外的「辟雍」學習鄉射等技藝。由於君臣有尊卑之別，教育機構的設立也遵循「尊卑有差」的禮制，因而爲諸侯設立的大學稱之爲泮宮。而「庠」、「序」是周代的地方學校，在漢代也有。「庠禮儀」、「序長幼」是說古代教育的價值取向。

十、自然地理

《白虎通》中有關於一些自然地理現象的解釋。但是這些解釋並不是從自然科學的角度解釋這些現象，而是從倫理道德的角度，來說明皇權等級的合法性，以此來鞏固現有的政治秩序。如解釋日月的運行和晝夜的產生。中國古代已經有了關於日月關係的清晰認識，認爲太陽是圍繞地球轉的，因而《白虎通·日月》篇中說：「天左旋，日月五星，比天爲陰，故右行」。晝夜的形成，是日與月兩者運行速度不同產生的，晝夜變化，可以「助天行化，照明下地」。解釋四時節氣的變化和年月。《白虎通·四時》中開篇就說到什麼是歲，「所以名爲歲何？歲者，遂也。三百六十六日一周天，萬物畢成，故爲一歲也。」一周天，有的稱歲，有的稱年，有的稱載。歲，「歲者以紀氣物，帝王共之，據日爲歲」年，「年者，仍也。年以紀事，據月言年」，載，「載之言成也。載成萬物終始言之也」。四時是春夏秋冬，也稱春爲蒼天，夏爲昊天，秋爲旻天，冬爲上天。解釋風和災變。《白虎通·八風》講到：「風者，何謂也？風之爲言萌也，養物成功，所以象八卦。」風是助養萬物的，「陰合陽」就產生了風。這八風分別是：修風、明庶風、清明風、景風、涼風、昌盛風、不周風、廣莫風。不同時節的風，對萬物的生長繁衍各有作用，如「修風至地媛」，「明庶風至萬物產」等等。風的助養萬物的特性，使得「王者承順之」。

關於災變，《白虎通·災變》篇中說上天之所以將災變帶給人類，是要「譴告人君，覺悟其行，欲令悔過修德，深思慮也」。「災之爲言傷也，隨事而誅」「異之爲言怪也」「變者，非常也」若有災難傷害百姓，有怪異非常的自然現象出現，統治者就應該要反省自己爲政行爲是否有失仁德。天災中說到霜雹水旱是因爲中國古代霜雹水旱直接影響農業，影響百姓生產生活。因此《白虎通》中會特別提到霜雹水旱、日時。

雖然《白虎通》提到的自然地理與儒家的仁義道德聯繫起來，但它還是反映了當時的天文曆法科學成果。

十一、農商制度

傳統社會基本是一個農業社會，政權穩固的關鍵就在於糧食問題，能否解決人民的溫飽是政權是否能夠延續的決定性因素。土地與糧食自古至今都是人們得以生存之必備條件。社代表了對土地的尊重，稷代表了對糧食的尊重。《白

虎通》中談到了王者祭祀社稷。「王者所以有社稷何？爲天下求福報功。人非土不立，非穀不食。土地廣博，不可遍敬也；五穀眾多，不可一一祭也。「故封土立社，示有土尊。稷，五穀之長，故封稷而祭之也。」天子必須親自祭祀社稷，顯現了社稷的重要性。

在農耕社會中，農業、商業是最主要的經濟門類，但是各自所處的地位不一樣。其中農業是根本，在經濟相對落後的地區，農業更是是地方財政來源的主要內容之一。譬如，東漢初，桂陽太守茨充，「教民種殖桑棺麻經之屬，勸令養蠶織屨，民得利益焉」〔註2〕《白虎通》中的《商賈》《耕桑》兩篇談到了農商方面的問題。但是篇幅很小，可見這不是當時社會的主要矛盾，只是作爲鞏固政權的一個方面順便談到。《白虎通·耕桑》：「王者所以親耕，后親桑何？以率天下農蠶也。天子親耕以供郊廟之祭，后親桑以供祭服。」這裡是說皇帝皇后都要親行耕桑之禮。農業不僅可以爲黎民百姓提供衣食，而且百姓從事農業，就會生性樸實、厚重、單純，安土重遷，較爲遵守法令，易於官府征調、役使。從另一方面看出統治者更重視農業而輕視商業，因而實施了一些重農抑商的政策。但是統治者並不是把它們簡單的對立起來，而是肯定了它們各自存在的必要性，認爲「待農而食之，虞而出之，工而成之，商而通之」〔註3〕《白虎通·商賈》中說：「商賈，何謂也？商之爲言商也。商其遠近，度其有亡，通四方之物，故謂之商也。賈之爲言固也。固其有用之物，以待民來，以求其利者也。行曰商，止曰賈。」東漢商賈階層比較活躍，商品交換十分頻繁普遍。

十二、其他社會習俗

（一）乘車之禮

人們出遊或旅行，從所乘的工具也能夠從中看出人的尊卑等級。

《白虎通·闕文·車旅》：「路者，何謂也？路，大也，道也，正也。君至尊，制度大，所以行道德之正也。路者，君車也。天子大路，諸侯路車，大夫軒車，士飾車。」

在漢代社會中，乘車之禮非常嚴格，違背乘車之禮就是對等級秩序的對抗。尤其是臣的車騎如果與天子的車騎相同就會被視爲大逆不道。漢文帝

〔註2〕《史記·貨殖列傳》。
〔註3〕《史記·貨殖列傳》。

時，以丞相張蒼爲首的眾臣舉劾淮南厲王謀反，列舉了淮南王的許多罪狀，其中一條就是「爲黃屋蓋乘輿，出入擬於天子」（《史記·淮南列傳》）。漢景帝時，其弟梁孝王「車旗擬於天子」，也被司馬遷斥之爲「僭」（《史記·梁孝王世家》）。

（二）射侯之禮

射侯相當於今天的射箭。侯是用布做成的靶子，靶子上不同的圖案代表著不同的等級。

《白虎通》論射侯之禮依據《禮緯·含文嘉》。《白虎通·論射侯》：「〈含文嘉〉曰『天子射熊，諸侯射麋，大夫射虎豹，士射鹿豕。』」其實《含文嘉》也不是論之最早的。早在《儀禮·鄉射禮》中就已經說過：「凡侯，天子熊侯白質，諸侯麋侯赤質，大夫布侯，畫以虎豹，士布侯，畫以鹿豕。」身份地位的不同，所捕射的獵物就不同。《白虎通》繼承了這樣的思想，最重要的是，它對射侯理論進行探討，爲射侯之禮尋求根據。

> 天子所以射熊何？示威猛，遠巧佞也。熊爲猛獸。巧者，非
> 但當服猛也。示當服天下巧佞之臣也。諸侯射麋何？示遠迷惑人
> 也。麋之言迷也。大夫射虎豹何？示服猛也。士射鹿豕何？示除
> 害也。各取德所能服也。大夫士射兩物何？大夫士俱人臣，示爲
> 君親視事，身勞苦也。或曰：臣陰，故數偶也。（卷五《射侯》，
> 頁 244）

《白虎通》所論射侯之禮論述了射侯的形式，其根本目的是希望通過禮儀這種形式讓大臣明白各自所職。天子、諸侯身爲天下或一方之君，關鍵在於「明」，能夠明察秋毫，識別巧佞之臣，「遠迷惑人」。大夫與天子射侯一樣表現「服猛」之義，但是君主降服的對象是大臣，大夫降服的對象是士、人民。君控制臣，臣代君理民，以此達到君逸臣勞。

（三）佾禮

佾禮指的是一種舞蹈，參加舞蹈的人數的多少也顯示出人的尊卑地位。《白虎通·論天子諸侯佾數》）提到「天子八佾，諸侯四佾，聽以別尊卑。」佾爲行列之義，八佾就是「以八人爲行列，八八六十四人也」。同理，四佾即四四一十六人。八佾只有天子擁有，先秦時的季氏舞八佾於庭，遭到聖人孔子的譏刺，

認爲「是可忍，孰不可忍」。諸侯以下的大夫、士作爲「北面之臣」，「非專事子民者也，故但琴瑟而已。」〔註4〕

（四）贄禮

贄是君臣或私人相見時所帶的禮物。臣見君有贄，不同等級的人所帶的贄也有所不同。《白虎通》對此有嚴格的規定：

> 公侯以玉爲贄者，玉取其燥不輕，濕不重，明公侯之德全也。
> 卿以羔爲贄。羔者，取其群而不黨。卿職在盡忠率下，不阿黨也。
> 大夫以雁爲贄者，取其飛成行，止成列也。大夫職在奉命適四方，
> 動作當能自正以事君也。士以雉爲贄者，取其不可誘之以食，懼之
> 以威，必死不可生畜。士行耿介。守節死義，不當移轉也。（卷八《論
> 見君之贄》，頁356）

《白虎通》所論贄禮並不單純追求禮之文，而是尋求禮之實質，目的是讓不同等級的人明白自己的德行要求。公侯以玉爲贄，要求公侯如玉一樣公正無私，做到「燥不輕，濕不重」。對此董仲舒說得更爲明確：「玉至清而不蔽其惡。」（《春秋繁露‧執贄》）大夫以雁爲贄，要求大夫代表君主治理民衆時，能夠做到「自正以事君」，不要做損君利己之事。士以雉爲贄，要求士堅守自己的道德操守：「守節死義，不當移轉」。

《白虎通》對卿以羔雁爲贄的論述尤爲重要。《白虎通》認爲卿大夫的贄與古代不同：古代以麋鹿，漢代則代以羔雁。爲何會如此呢？《白虎通》對此作了解釋：

> 卿大夫贄，古以麋鹿，今以羔雁何？以爲古者質，取其內，謂
> 得美草鳴相呼。今文取其外，謂羔跪乳，雁有行列也。（卷八《論見
> 君之贄》，頁356）

從《白虎通》論述，可以看出，卿以羔爲贄至少有三種含義：其一，羔類好仁。「羔者，取其跪乳遜順也。」〔註5〕所以大臣要像溫順的羔羊。即使其勢力、才能超過君主，也要像羔羊一樣「有角而不任，設備而不用」。其二，羔類死義。

〔註4〕《論天子諸侯佾數》。

〔註5〕卷九《論裘》第433頁。

羔羊面對屠夫「執之不鳴，殺之不啼」，大臣也應該服膺君主的權威，即使殺之也無怨無悔。其三，羔類知禮。「羔跪乳」感謝母親的養育之恩，以跪禮相報。以此喻君臣間的父子相生關係：君賜臣以土地俸祿，而大臣也要以跪乳相報。漢代的大臣見君主要叩頭。如叔孫通所定漢朝儀中即有「諸侍坐殿上皆伏抑首，以尊卑次起土壽，」(《史記‧叔孫通列傳》)，桓譚在光武面前叩頭流血(《後漢書‧桓譚傳》)，皆是有跪笏的顯證。叩頭之禮顯示君臣尊卑關係，但是這種尊卑之禮又是以報謝君恩的形式表現出來。

附《白虎通》正文訓詁內容分類統計表：

社會等級	《爵》、《謚》、《號》
宗法制度	《宗法》、《姓名》、《嫁娶》
教育制度	《三教》、《辟雍》、《三綱六紀》
禮樂教化制度	《禮樂》
軍事	《三軍》、《誅罰》、《五刑》
婚喪習俗	《嫁娶》、《喪服》、《崩薨》
衣冠制度	《衣裳》、《紼冕》
官員管理制度	《諫諍》、《考黜》、《封公侯》、《致仕》、《巡狩《五者不臣》
農商業問題	《耕桑》、《商賈》
朝覲制度	《瑞贄》
祭祀、卜筮	《五祀》、《社稷》、《蓍龜》、《封禪》
陰陽五行思維框架	《日月》、《天地》、《四時》、《五行》
射禮、鄉飲酒禮	《鄉射》

第四章 《白虎通》訓詁體例

　　如前所述，《白虎通》是經傳之正本，既為訓詁之傳，其基本內容是訓釋詞句，主要採用問答體和判斷句式兩種訓釋體例。《白虎通》的內容採用口耳相傳的講授形式，所以它在解疑答惑時大量的使用了先問後答的設問體句式，這是因為設問句具有容易引起讀者的注意，也能給聽者思考的時間和空間的優點。另外，在反覆的問難過程中，《白虎通》還大量的使用判斷句來訓釋詞義，因而，問答體句式與判斷句共同構成了《白虎通》正文訓詁的顯著特色。

　　下面分析兩個方面對《白虎通》所使用的訓詁用語作一簡單介紹。

第一節 問答體的訓詁句式

　　《白虎通》的正文訓詁通篇採用了先問後答的問答體形式。為了讓讀者明瞭其意，先對行文中提到的概念或問題用問句的形式提出，再用答句來闡釋詞義或問題。

一、「……何？……也。」

　　《白虎通》正文訓詁主要採用了「……何？……也。」這種設問句式。如：

（1）王者既殯而即繼體之位何？緣民臣之心不可一日無君也。《卷
　　　一《爵》，頁 35》

（2）不娶兩娣何？博異氣也。娶三國女何？廣異類也。（卷十《嫁娶》，頁 470）

（3）國君之妻，稱之曰夫人何？明當扶進八人，謂八妾也。（卷十《嫁娶》，頁 489）

（4）三年之喪不以閏月數何？以言其期也。（卷十一《喪服》，頁 509）

（5）日食必救之何？陰侵陽也。（卷六《災變》，頁 272）

以上五例是「……何？……也。」常用方式，主要用於釋句，而這種「……何？……也。」式在《白虎通》中更多的以變體的形式出現。主要有以下幾種變體。

（一）「……何？……。」

（1）諸侯爲天子斬衰三年何？普天之下，莫非王土，率士之賓，莫非王臣。（卷十一《喪服》，頁 504）

（2）王者崩，臣下服之有先後何？恩有淺深遠近，故制有日月。（卷十一《喪服》，頁 507）

（3）孝子必居倚廬何？孝子哀，不欲聞人之聲，又不欲居故處，居中門之外。（卷十一《喪服》，頁 514）

（4）聞喪，哭而後行何？盡哀舒憤然後行。（卷十一《喪服》，頁 530）

（5）周公以王禮葬何？以爲周公踐阼理政，與天同志，展興周道，顯天度數，萬物咸得，休氣充塞，原天之意，子愛周公，與文武無異，故以王禮葬，使得郊祭。（卷十一《崩薨》，頁 532）

（二）……所以……何？

「……所以……何？」用「……也。」這種回答是最常見也是《白虎通》中運用最多的一種回答。如：

（1）臣所以勝其君何？此謂無道之君，故爲眾陰所害，猶紂王也。（卷四《五行》，頁 190）

（2）土所以王四季何？木非土不生，火非土不榮，金非土不成，水非土不高，土扶微助衰，歷成其道，故五行更王，亦須土也？（卷四《五行》，頁 190）

（3）出所以告天何？示不敢自專也。（卷五《三軍》，頁203）

（4）父所以不自教子何？爲渫瀆也。（卷六《辟雍》，頁257）

（5）王者所以親耕，后親桑何？以率天下農蠶也。（卷六《耕桑》，頁276）

（6）聖人所以制衣服何？以爲絺綌蔽形，表德勸善，別尊卑也。（卷九《衣裳》，頁432）

（7）婦人所以有師何？學事人之道也。（卷十《嫁娶》，頁485）

另外，答句採用一般陳述句回答。如：

（1）王者所以有社稷何？爲天下求福報功。（卷三《社稷》，頁83）

（2）天子所以用八音何？天子承繼萬物，當知其數。（卷三《禮樂》，頁121）

（3）古者所以年十五入大學何？以爲八歲毀齒，始有識知，入學學書計。（卷六《辟雍》，頁253）

（4）質家所以積於仲何？質者親親，故積於仲。（卷九《姓名》，頁417）

（5）諸侯所以不得自娶國中何？諸侯不得專封，義不可臣其父母。（卷十《嫁娶》，頁476）

再者「……所以……何？」用「所以……也。」回答。這種問句是將被釋詞放在「所以」前，釋義放在「所以」後，並用句末「何」發問，而答句在句首又出現了「所以」，起到了強調作用，加強了肯定的語氣。共有兩例，如：

（1）天所以有災變何？所以譴告人君，覺悟其行，欲令悔過修德，深思慮也。（卷六《災變》，頁267）

（2）人所以有字何？所以冠德明功，敬成人也。（卷九《姓名》，頁415）

（三）「……所以……者何？」

「……所以……者何？……也。」這種格式共有三例。如：

（1）樂所以必歌者何？夫歌者，口言之也。（卷三《禮樂》，頁95）

（2）肝所以仁者何？肝，木之精也。（卷八《性情》，頁 384）

（3）諸侯所以一軍者何？諸侯，蕃屏之臣也。（卷五《三軍》，頁 240）

另外用句末不帶「也」字的一般陳述句回答。共有兩例，如：

（1）孔子所以定五經者何？以爲孔子居周之末世，王道陵遲，禮樂廢壞，強陵弱，眾暴寡，天子不敢誅，方伯不敢伐，閔道德之不行，故周流應聘，冀行其道德。（卷九《五經》，頁 445）

（2）姓所以有百者何？以爲古者聖人吹律定姓，以紀其族。（卷九《姓名》，頁 401）

再者，用「所以……也。」式回答，共有三例。答句句首的「所以」同樣起強調作用。如：

（1）人所以相拜者何？所以表情見意，屈節卑體，尊事人者也。（卷九《姓名》，頁 414）

（2）人所以有姓者何？所以崇恩愛，厚親親，遠禽獸，別婚姻也。（卷九《姓名》，頁 401）

（3）天子所以有靈臺者何？所以考天人之心，察陰陽之會，揆星辰之證驗，爲萬物獲福無方之元。（卷六《辟雍》，頁 263）

（四）「所以……何？」

「所以……何？」將「所以」置於句首前，是省略了被釋詞的一種問句，其答句有兩種形式：一種是「……也」式，這種格式共有二十八例。如：

（1）所以必於泰山何？萬物之始，交代之處也。（卷六《封禪》，頁 278）

（2）所以不歲巡守何？爲太煩也。（卷六《巡狩》，頁 290）

（3）所以必再拜何？法陰陽也。（卷九《姓名》，頁 414）

（4）所以先拜手，後稽首何？名順其文質也。（卷九《姓名》，頁 414）

（5）所以結之何？思慕腸若結也。（卷十一《喪服》，頁 511）

（6）所以杖竹、桐何？取其名也。（卷十一《喪服》，頁 513）

用一般陳述句回答。共有九句。如：

（1）所以謚之爲堯何？爲謚有七十二品。（卷二《謚》，頁 71）

（2）所以祭何？人之所處出入，所飲食，故爲神而祭之。（卷二《五祀》，頁 77）

（3）所以三歲一考績何？三年有成，故於是賞有功，黜不肖。（卷七《考黜》，頁 310）

（4）所以謂之委貌何？周統十一月爲正，萬物始萌小，故爲冠飾最小，故曰委貌。（卷十《紼冕》，頁 501）

（5）所以祭何？人之所處出入，所飲食，故爲神而祭之。（卷二《五祀》，頁 93）

（6）所以爲君隱惡何？君至尊，故設輔弼，置諫官，本不當有遺失。（卷五《隱惡之義》，頁 239）

用「所以……」回答的有一句。如：

所以十月行鄉飲酒之禮何？所以復尊卑長幼之義。（卷五《鄉射》，頁 293）

（五）「所以……者何？」

用「所以……」句式回答的有一句。如：

所以有氏者何？所以貴功德，賤伎力。（卷九《姓名》，頁 402）

用「……也」式回答有五句。如：

（1）所以名之爲公侯者何？公者，通也。公正無私之意也。（卷一《爵》，頁 7）

（2）所以名之爲角者何？角者，躍也。（卷三《禮樂》，頁 120）

（3）所以繫心者何？防其淫泆也。（卷十《嫁娶》，頁 456）

（4）所以用鳴球搏拊者何？鬼神清虛，貴淨賤鏗鏘也。（卷三《禮樂》，頁 117）

（5）所以有冠者何？冠者，惓也，所以惓持其髮者也。（卷十《紼冕》，頁 495）

（六）「……何？所以……也。」式共有八句。如：

（1）誅不避親戚何？所以尊君卑臣，強幹弱枝，明善善惡惡之義也。（卷五《誅伐》，頁 211）

（2）國必三軍何？所以戒非常，伐無道，尊宗廟，重社稷，安不忘危也。（卷五《三軍》，頁 199）

（3）聖人治天下，必有刑罰何？所以佐德助治，順天之度也。（卷九《五刑》，頁 437）

（4）男子六十閉房何？所以輔衰也，故重性命也。（卷十《嫁娶》，頁 492）

（5）喪有病，得飲酒食肉何？所以輔人生己，重先祖遺支體也。（卷十一《喪服》，頁 519）

另外還有一種形式，回答中將問題中所釋的詞再重複一遍。

天子立辟雍何？辟雍所以行禮樂，宣教化也。（卷六《辟雍》，頁 259）

（八）「……者何？……也。」

「……者何？……也。」式，有四十九句。如：

（1）麻冕者何？周宗廟之冠也。（卷十《紼冕》，頁 498）

（2）王者諸侯必有誡社者何？示有存亡也。（卷三《社稷》，頁 86）

（3）不以姓為號者何？姓者，一字之稱也，尊卑所同也。（卷二《號》，頁 57）

（4）王者巡守，諸侯待於竟者何？諸侯以守蕃為職也。（卷六《巡狩》，頁 295）

（5）東方為岱宗者何？言萬物更相代於東方也。（卷六《巡狩》，頁 299）

（6）方為霍山者何？霍為之言獲也。言太陽用事，獲養萬物也。（卷六《巡狩》，頁 299）

另外「……者何？」在《白虎通》中也有用陳述句回答的。如：

（1）諸侯始封，爵士相隨者何？君子重德薄刑，賞疑從重。（卷七《攷黜》，頁 314）

（2）君幼稚，唯考不黜者何？君子不備責童子焉。（卷七《考黜》，頁 314）

（3）男長女幼者何？陽道舒，陰道促。（卷十《嫁娶》，頁 453）

（4）諸侯有親喪，聞天子崩，奔喪者何？屈己。（卷十一《喪服》，頁 527）

（九）「……，何也？」

「……，何也？……也。」有四句。如：

（1）謚者，何也？謚之爲言引也，引列行之迹也。（卷二《謚》，頁 67）

（2）王者所不臣者三，何也？謂二王之后，妻之父母，夷狄也。（卷七《王者不臣》，頁 316）

（3）族者，何也？族者，湊也，聚也。（卷八《宗族》，頁 397）

（4）以桑弧蓬矢六射者，何也？此男子之事也。（卷九《姓名》，頁 408）

另外後面還可用一般陳述句回答。有五句。如：

（1）殷家所以令公居百里，侯居七十里，何也？封賢極於百里，其改也，不可空退人，示優賢之意，欲襃尊而上之。（卷一《爵》，頁 15）

（2）日尊於月，不言正日，言正月，何也？積日成月，物隨月而變，故據物爲正也。（卷八《三正》，頁 364）

《白虎通》除了上面所述的「……何？……也。」這種主要設問句式，也採用了其他的設問體來分析解說經義。其他的設問體形式有：

二、「……謂之……何？」

這種句式主要用於訓釋詞義。如：

（1）天子之妃謂之后何？后者，君也。天子妃至尊，故謂后也。
（卷十《嫁娶》，頁 489）

（2）人死謂之喪何？言其喪亡，不可復得見也。（卷十一《崩薨》，
頁 535）

其變體有一種是「……者，何謂也？……也。」式，有九句，如：

（1）討者，何謂也？討猶除也。（卷五《誅伐》，頁 222）

（2）公卿大夫者，何謂也？内爵稱也。（卷一《爵》，頁 16）

（3）京師者，何謂也？千里之邑也。（卷四《京師》，頁 160）

（4）五行者，何謂也？謂金木水火土也。（卷四《五行》，頁 166）

（5）喪者，何謂也？喪者，亡也。（卷十一《崩薨》，頁 535）

三、「謂之……何？」

這種問句是將被釋詞省略，將釋義放在「謂之」後，答句用來回答被釋詞
解釋爲此義的原因或目的。如：

（1）謂之神農何？古之人民，皆食禽獸肉。（卷二《號》，頁 51）

（2）謂之燧人何？鑽木燧取火，教民熟食，養人利性，避臭去毒，
謂之燧人也。（卷二《號》，頁 52）

（3）謂之顓頊何？顓者，專也。頊者，正也。能專正天人之道，故
謂之顓頊也。（卷二《號》，頁 53）

「謂之……何？」的變體爲「謂之……者何？」用「……也。」回答的共有六
例。如：

（1）謂之舅姑者何？舅者，舊也。姑者，故也。舊故，老人稱也。
（卷八《三綱六紀》，頁 379）

（2）謂之姪者何？兄之子也。（卷十《嫁娶》，頁 469）

用「……猶……也。」來回答的共有二例。如：

（1）謂之舜者何？舜猶僢僢也。言能推信堯道而行之。（卷二
《號》，頁 54）

（2）謂之堯者何？堯猶嶢嶢也。至高之貌。（卷二《號》，頁 54）

四、「何以……？」

「何以……？」的變體及答句有以下幾種情況：

（一）「何以知……？」

用「……也。」回答的有十九例。如：

（1）何以知不從死後加王也？以上言迎子釗，不言迎王也。（卷一
《爵》，頁 35）

（2）何以知諸侯不像王者以生日名子也？以太王名亶甫，王季名
歷，此殷之諸侯也。（卷九《姓名》，頁 409）

（3）何以知上爲衣，下爲裳？以其先言衣也。（卷九《衣裳》，頁
433）

用書證回答的有 5 例。如：

（1）何以知天子之子亦稱世子也？《春秋》曰：「公會王世子於首
止。」（卷一《爵》，頁 30）

（2）何以知踰年即位改元也？《春秋傳》曰：「以諸侯踰年即位，
亦知天子踰年即位也。」（卷一《爵》，頁 38）

（3）何以知即政立號也？《詩》云：「命此文王，於周於京。」

（4）何以知五祀謂門、戶、井、竈、中霤也？《月令》曰：「其祀
戶。」又曰：「其祀竈，其祀中霤，其祀門，其祀井。」（卷二
《五祀》，頁 78）

（5）何以知始考攷輒黜之？《尚書》曰：「三年一考，少黜亦地。」
（卷七《攷黜》，頁 310）

（二）「何以言……？」

先用書證，再用陳述句回答的有五例。如：

（1）何以言禹湯聖人？《論語》曰：「巍巍乎舜禹之有天下而不與
焉。」與舜比方巍巍，知禹湯聖人。（卷七《聖人》，頁 336）

（2）璧所以留者，以財幣盡，輒更造。何以言之？《禮》曰：「珪
造尺八寸。」有造珪，明得造璧也。（卷八《瑞贄》，頁 355）

只用書證回答。如：

> （1）何以言有三軍也？《論語》曰：「子行三軍則誰與？」《詩》云：
> 「周王於邁，六師及之。」（卷五《三軍》，頁 199）

> （2）何以言災有哭也？《春秋》曰：「新宮火，三日哭。」《傳》曰：
> 「必三日哭何？禮也。」（卷六《災變》，頁 268）

> （3）春秋何常也？則黃帝以來。何以言之？《易》曰：「上古結繩
> 而治，後世聖人易之以書契，百官以理，萬民以察。」（卷九
> 《五經》，頁 449）

只用陳述句回答。如：

> 何以言諸侯繼世？以立諸侯象賢也。（卷四《封公侯》，頁 145）

（三）「……何以為……？……，也。」

有一例。如：

> 竹何以為陽？竹斷而用之，質，故為陽。（卷十一《喪服》，頁
> 513）

另外，《白虎通》的《五行》篇在訓釋法中採用了四十個「……何法？……也。」
的設問句式。如：

> （1）子不肯禪，何法？法四時火不興土而興金也。（卷四《五行》，
> 頁 194）

> （2）父死子繼何法？法木終火王也。（卷四《五行》，頁 194）

> （3）兄死弟及何法？夏之承春也。（卷四《五行》，頁 194）

> （4）「善善及子孫」何法？春生待夏復長也。（卷四《五行》，頁 194）

> （5）主幼臣攝政何法？法土用事於季、孟之間也。（卷四《五行》，
> 頁 194）

> （6）子復仇何法？法土勝水，水勝火也。（卷四《五行》，頁 194）

> （7）子順父，妻順夫，臣順君，何法？法地順天也。（卷四《五行》，
> 頁 194）

有的詞有多種稱謂，《白虎通》則採用「或……，或……何？……。」的結構。

（1）或法三光，或法五行何？質家者據天，故法三光。文家者據
　　　地，故法五行。（卷一《爵》，頁6）

（2）諡或一言，或兩言何？文者以一言爲諡，質者以兩言爲諡。
　　　（卷二《諡》，頁70）

（3）或稱天子，或稱帝王何？以爲接上稱天子者，明以爵事天也。
　　　接下稱帝王者，明位號天下至尊之稱，以號令臣下也。（卷二
　　　《號》，頁47）

（4）名或兼，或單何？示非一也。或聽其聲，以律定其名。或依其
　　　事，旁其形。（卷九《姓名》，頁410）

（5）或言歲，或言載，或言年何？言歲者以紀氣物，帝王共之，
　　　據日爲歲。年者，仍也。年以紀事，據月言年。（卷九《四
　　　時》，頁431）

第二節　判斷句

　　訓詁是以掃除文獻閱讀中的語言文字障礙爲實用目的的工具性工作，功能
爲「用語言解釋語言」以掃除閱讀障礙，它與判斷句的主要功能有相通之處。
〔註1〕因而判斷句式經常被用來表述訓詁內容。《白虎通》在運用問答體形式訓
釋經文的過程中，大量的採用了判斷句作爲答句。將設問句和判斷句結合成了
有機的整體。除此之外，《白虎通》也單獨大量運用判斷句解說經文。

　　判斷句的主要功能是判斷主語所指的是什麼，具有什麼屬性或屬於什麼範
圍的功能，與訓詁旨在說明一些古語詞和方言詞相當於通用語言中的什麼詞，
一些難懂詞語的具體意義是什麼意圖是相同的。構成判斷句最基本的條件是用
名詞性謂語直接表示判斷，並且可以在謂語後面用語氣詞「也」來加強判斷語
氣，還可以在主語後面用代詞「者」復指主語。這樣根據《白虎通》「者」、「也」
使用的各種情況來看，主要有以下幾種基本形式：

一、「……者，……也。」

　　這是在《白虎通》中最常見的句式，也是使用最多的句式，共達一百二十

〔註1〕楊建忠，賈芹：正文體訓詁的認定，第68頁，寧夏大學學報，2000年第4期。

三例。在主語後面用「者」來表提頓，有舒緩句子語氣的作用，並改變文章的節奏，使讀者有朗朗上口的感覺，謂語後面用「也」結尾，對主語加以肯定的判斷或解說。如：

（1）婦人學事舅姑，不學事夫者，示婦與夫一體也。（卷十《嫁娶》，頁 486）

（2）親屬諫不得放者，骨肉無相去離之義也。（卷五《諫諍》，頁 232）

（3）侯者，候也，候逆順也。（卷一《爵》，頁 8）

（4）聘者，問也。（卷十二《闕文》，頁 581）

二、幾種變化形式的判斷句

（一）「……，……也。」

在古漢語判斷句中，「者」和「也」也不一定同時出現。有時會省略「者」，只用「也」表示判斷。這種判斷句在《白虎通》中也十分常見，共有二十八例。如：

（1）父子法地，取象五行轉相生也。（卷八《三綱六紀》，頁 375）

（2）平旦食，少陽之始也。晝食，太陽之始也。餔食，少陰之始也。暮食，太陰之始也。（卷三《禮樂》，頁 118）

（二）「……者也。」

連用「者也」煞句表示判斷，「者」是結構助詞，「也」表示判斷。「者」接在作判斷謂語的形容詞、動詞、動詞性詞組後面，作判斷謂語。「者」因使形容詞、動詞或動詞性詞組名詞化，而是一個結構助詞，不再是語氣詞。如：

（1）王制曰「賜之弓矢，乃得專征伐。」謂誅犯王法者也。（卷五《三軍》，頁 206）

（2）五玉所施非一，不可勝條，各舉大者也。（卷八《瑞贄》，頁 353）

（三）「……者，……也，……也。」

這種句式在《白虎通》中共有七例。「者」放在主語之後，有表停頓、舒緩

語氣的作用，而謂語連用兩個「也」字句來表判斷，一是有對此多義的解釋，二是有強調的判斷語氣。如：

（1）宮者，容也，含也。（卷三《禮樂》，頁 120）

（2）瑟者，嗇也，閒也。（卷三《禮樂》，頁 124）

（3）周者，至也，密也。道德周密，無所不知也。（卷二《號》，頁 55）

（4）宮者，容也，含也，含容四時者也。（卷三《禮樂》，頁 120）

（5）朔者，蘇也，革也，言萬物革更於是，故統焉。（卷八《三正》，頁 362）

（四）「……也，……也。」

兩個「也」字都有肯定判斷的語氣，《白虎通》中的「……也，……也。」常表示兩句之間因果關係的判斷。共有九例。如：

（1）故雖天子必有尊也，言有父也。必有先也，言有兄也。（卷五《鄉射》，頁 248）

（2）心之為言任也，任於恩也。（卷八《性情》，頁 383）

（3）宰，制也，使制法度也。（卷五《諫諍》，頁 238）

（4）卜，赴也，爆見兆也。（卷七《著龜》，頁 329）

（五）「……者，……」

在判斷句主語後面加代詞「者」復指主語，引出謂語。「者」表提頓，舒緩語氣，而謂語後面不用「也」。這種格式不常見，在《白虎通》中只有一句。

受命不封子者，父子手足無分離異財之義。（卷四《封公侯》，頁 143）

（六）「……者，所以……」

例如：

（1）松者，所以自妹動。（卷十二（《闕文》，頁 576）

（2）柏者，所以自迫促。（卷十二（《闕文》，頁 576）

（七）「A者，X也，B者，x也。」或」A者，X也，B者，x也。
　　……也」

例如：

（1）聲音者，何謂也？聲者，鳴也。聞其聲即知其所生。音者，飲
　　言其剛柔清濁和而相飲也。（卷三《禮樂》，頁119）

（2）梁者，信也，甫者，輔也。信輔天地之道而行之也。（卷六《封
　　禪》，頁281）

（3）姑者，故也，洗者，鮮也，言萬物皆去故就新，莫不鮮明也。
　　（卷四《五行》，頁184）

三、用副詞的判斷句

　　古代漢語中的判斷句，有時爲了加強語氣，往往在動詞謂語前加副詞來代
替判斷句表示判斷。這些副詞如：「此」、「乃」、「即」、「則」、「誠」、「皆」、「非」。
《白虎通》中使用的副詞有「皆」、「則」、「亦」。「皆」是一個範圍副詞，能夠
說明事物或名稱的範圍，可以用來修飾判斷句的謂語，兼表肯定的判斷，譯爲
「都是」。如：

　　皆刻石紀號者，著己之功迹以自效也。（卷六《封禪》，頁279）

　　故列土爲疆非爲諸侯，張官設府非爲卿大夫，皆爲民也。（卷四《封公侯》，
頁141）

　　「則、亦」屬於情態副詞，在文言文中，表肯定語氣，用在判斷句的謂語
前，表示肯定判斷。「則」兼表判斷時譯爲「便是、就是」，「亦」譯爲「也是」。
《白虎通》中用「則」的判斷句有一句，用「亦」的有七句。如：

（1）緣孝子之心，則三年不忍當也。（卷一《爵》，頁40）

（2）王者之后，亦稱王子，兄弟立而皆封也。（卷九《姓名》，頁
　　404）

第五章　訓詁術語

訓詁術語是指解釋字、詞、語句的意義以及闡發其深層含義的用語。自漢代以來，訓詁學便將訓詁重點放在了釋義上。釋義也就成了傳統訓詁學的核心內容。因此，訓詁學中釋義的術語也最爲豐富，涉及到方方面面。我們將《白虎通》中的訓詁術語分爲釋句術語、釋詞術語和引異說術語三部分。下面分別介紹。

第一節　釋句術語

在《白虎通》中，有時需要對整個句子的深層或隱含意義進行解釋或闡發，推究其言外之意，就必須用到一些術語。這種解句中含有術語的句子在《白虎通》佔有很大的比重。《白虎通》所有解句中含有術語的句子共有一百四十四個，其中使用最多的是「故」，共一百二十四個，其次使用較多的爲「言」和「謂」，分別爲九個和十一個。

一、故，故曰

這兩個術語都帶有推導的性質，但對所解內容的層面不同，意義上就有差別。「故」說明的是原文所說的內容、意義爲什麼會是這樣。如：

（1）朱盛色，户所以紀民數也。故民眾多賜朱户也。（卷七《玫黜》，
　　頁 305）

（2）父至尊，母至親，故爲加隆，以盡孝子之恩。恩愛至深，加之則倍。故再期二十五月也。（卷十一《喪服》，頁 508）

（3）稷，五穀之長，故立稷而祭之也。（卷七《社稷》，頁 83）

（4）地之承天，猶妻之事夫，臣之事君也。其位卑，卑者親視事，故自同於一列，尊於天也。（卷四《五行》，頁 198）

（5）弟子爲師服者，弟子有君臣、父子、朋友之道也。故生則尊敬而親之，死則哀痛之，恩深義重，故爲之隆服，入則絰，出則否也。（卷十一《喪服》，頁 622）

「故曰」主要是說明原文「爲什麼要這麼說」，「爲什麼可以這麼說」。共有六例。如：

（1）宗其爲始祖後者爲大宗，此百世之所宗也。宗其爲高祖後者，五世而遷者也。故曰：祖遷於上，宗易於下。（卷八《宗族》，頁 395）

（2）瑟者，嗇也，閒也。所以懲忿窒欲，正人之德也。故曰：「瑟有君父之節，臣子之法。」（卷三《禮樂》，頁 125）

二、謂

「謂」在《白虎通》中用來解釋整個句子，主要是概括一句話或一段話的大意，或指明句子隱含的深層含義。共有十一句。如：

（1）夏后氏益文，故易之以聖周。謂聖木相周，無膠漆之用也。（卷十一《崩薨》，頁 555）

（2）此言以文得之先以文，謂持羽毛儛也。（卷三《禮樂》，頁 109）

（3）《王制》曰：「賜之弓矢，乃得專征伐。」謂誅犯王法者也。（卷五《三軍》，頁 206）

三、言

「言」是古書中常用的一個術語，它因動詞轉化爲訓詁術語，可譯爲「說的是……」，「指的是……」，「是說」，「是指」等。「言」在《白虎通》中用來概括一句話或一段話的大意，串講文意。如：

（1）王者始起，何用正民。以爲且用先代之禮樂，天下太平，乃更製作焉。書曰：「肇稱殷禮，祀新邑。」此言太平去殷禮。（卷三《禮樂》，頁99）

（2）王者之樂有先後者，各上其德也。此言以文得之先以文，謂持羽毛舞也。以舞得之先以武，謂持干戚舞也。（卷三《禮樂》，頁109）

（3）《易》曰：「利建侯。」此言因所利故立之。（卷四《封公侯》，頁142）

（4）《詩》曰：「命此文王，於周於京。」此言文王誅伐，故改號爲周，易邑爲京也。（卷五《三軍》，頁205）

（5）《尚書》曰：「今予惟恭行天之罰。」此言開自出伐扈也。（卷五《三軍》，頁205）

（6）王者受命而起，諸侯有臣弒君而立，當誅君身死，子不得繼之者，以其逆，無所承也。《詩》云：「毋封靡於爾邦，惟王其崇之。」此言追誅大罪也。（卷五《誅伐》，頁215）

第二節　釋詞術語

　　釋詞術語用於對原文中的詞語進行解釋、分析，對其深層涵義加以闡發。下面對《白虎通》的釋詞術語分別加以介紹。

一、爲、曰、謂之

　　這三個術語放在一起來介紹，其原因是他們的性質基本相同，都是直陳詞義，用動詞作爲術語，可譯爲「叫」、「叫做」等。他們在用法上有兩個共同點：一是一般用來解釋字詞的意義。二是被釋詞放在術語後。用「爲」、「曰」、「謂之」釋詞，在《白虎通》常用於訓釋名物制度，讓讀者知道其詞義，這些術語可出現於問句或陳述句中來釋詞。如：

（1）六紀者，爲三綱之紀者也。（卷八《三綱六紀》，頁375）

（2）笙者，大簇之氣，象萬物之生，故曰笙。（卷三《禮樂》，頁123）

（3）至於神農，人民眾多，禽獸不足。於是神農因天之時，分地之
利，制耒耜，教民農作。神而化之，使民宜之，故謂之神農也。
（卷二《號》，頁51）

（4）萬物莫不章，故謂之璋。（卷八《瑞贄》，頁352）

另外，《白虎通》中還連用兩個或兩個以上的「曰」釋義，可用來辨析一些意義
相近或相關的一組詞的差別。如：

（1）故東夷之樂曰朝離，南夷之樂曰南，西夷之樂曰昧，北夷之樂
曰禁。（卷三《禮樂》，頁108）

（2）鄉曰庠，里曰序。（卷六《辟雍》，頁261）

二、言、謂

言、謂除了可以釋句外，都可用來釋詞。「言」用來釋詞主要是說明詞語的
外在意蘊，有推衍、闡發其義的作用。譯爲「是說」、「說的是……」、「是指……」
等。「謂」用於解釋詞語的特定含義或抽象詞語的意義。譯爲「說的是……」、「是」
等。「言」共有六例。「謂」共有三十一例。如：

（1）謂之舜者何？舜猶僢僢也。言能推信堯道而行之。（卷二
《號》，頁54）

（2）六情者，何謂也？喜怒哀樂愛惡謂六情，所以扶成五性。（卷
八《性情》，頁382）

（3）合符信者，謂天子執瑁以朝，諸侯執圭以覲天子。（卷八《瑞
贄》，頁418）

（4）何謂五瑞？謂珪、璧、琮、璜、璋也。（卷八《瑞贄》，頁412）

（5）五祀者，何謂也？謂門、戶、井、竈、中霤也。（卷二《五祀》，
頁93）

三、猶

「猶」也是傳統訓詁學中較爲常見的訓詁術語之一，主要用來解釋詞語。清
人段玉裁對「猶」有過這樣的概括：「凡漢人作注云『猶』者，皆義隔而通之。」
〔註1〕又云：「凡漢人訓詁，本異義而通之曰『猶』。這樣說來，猶字有溝通本來

〔註1〕段玉裁：《說文解字注》，第90頁，上海古籍出版社，1988年2月第2版。

『義隔』、『異義』之兩詞的作用，其格式是「甲猶乙也」。王力先生在其所編的《古代漢語》中說：「猶，使用這個術語時，釋者與被釋者往往就是同義或近義關係。」〔註2〕「猶」在《白虎通》中共有九句釋詞。如：

（1）霸猶迫也，把也。（卷二《號》，頁63）

（2）征者何謂也？征猶正也。欲言其正也。（卷五《誅伐》，頁223）

（3）誅猶責也。誅其人，責其罪，極其過惡。（卷五《誅伐》，頁222）

（4）舜猶舛；舛也，言能推信堯道而行之。（卷二《號》，頁54）

四、亦

「亦」在《白虎通》用的不多，只有十例。意思是「也是」、「也就是」。用它來釋義的同時，也可以避免行文的重複。如：

（1）戶者，人所出入，亦春萬物始觸戶而出也。（卷二《五祀》，頁79）

（2）王者之后，亦稱王子，兄弟立而皆封也。或曰：「王者之孫，亦稱王孫也。」（卷九《姓名》，頁404）

五、貌

「貌」一般指事物的狀態，可用於動詞、形容詞、副詞之後，說明事物的性質狀態，相當於現代漢語的「……的樣子。」《白虎通》使用的「貌」很少，僅有三例，都用於解釋形容詞。如：

（1）唐，蕩蕩也。蕩蕩者，道德至大之貌也。（卷二《號》，頁59）

（2）謂之堯者何？堯猶嶢嶢也。至高之貌。（卷二《號》，頁54）

六、之爲言

這個術語在《白虎通》使用的頻率最高，達四十六例。其特點是被釋詞在術語之前。如：

（1）槨之爲言廓，所以開廓闢土，無令迫棺也。（卷十一《崩薨》，頁553）

<hr>

〔註2〕王力：古代漢語第二冊，第617頁，中華書局，2007年。

（2）日之爲言實也，常滿有節。（卷九《日月》，頁 423）

（3）月之爲言闕也，有滿有闕也。（卷九《日月》，頁 425）

（4）卿之爲言章也，章善明理也。（卷一《爵》，頁 17）

（5）心之爲言任也，任於恩也。（卷八《性情》，頁 383）

另外，「之爲言」有兩個變體形式，一種是「之言」，共有六例，如：

（1）時爲夏。夏之言大也。（卷四《五行》，頁 177）

（2）載之言成也，載成萬物始終言之也。（卷九《四時》，頁 431）

（3）辟之言積也，積天下之道德。（卷六《辟雍》，頁 254）

（4）水之言準也，養物平均，有準則也。（卷四《五行》，頁 167）

（5）木之言觸也，陽氣動躍觸也而出也。（卷四《五行》，頁 167）

另一種爲「之爲」，僅有一例，如：

窠之爲候何？窠能瀉水，亦能流濡。（卷八《性情》，頁 385）

七、故曰

（1）婚者，昏時行禮，故曰婚。（卷十《嫁娶》，頁 491）

（2）姻者，婦人因夫而成，故曰姻。（卷十《嫁娶》，頁 491）

（3）所以謂之委貌何？周統十一月爲正，萬物始萌小，故爲冠飾最小，故曰委貌。（卷十《紼冕》，頁 592）

（4）殷統十二月爲正，其飾微大，故曰章甫。（卷十《紼冕》，頁 592）

（5）夏統十三月爲正，其飾最大，故曰毋追。

《白虎通》從三統之說言三代冠名的由來。由三統說之月份說明三冠之造型大小，進而言三代之冠名乃是區分型式之大小不同。

第三節　引異說術語

古代訓詁中，一些有參考價值的異說，往往採用術語予以保留。我們將這類術語稱爲「引異說術語」。

一、或、或曰

　　這一組術語的意思都可釋爲「另一說」。其主要功能是對同一詞語或語句的不同解釋。如：

　　　　（1）爵有五等，以法五行也。或三等者，法三光也。（卷一《爵》，頁6）

　　　　（2）或稱天子，或稱帝王何？以爲接上稱天子，天子者，明以爵事天也。接下稱帝王者，明位號天下，至尊之稱，以號令臣下也。（卷二《號》，頁57）

　　　　（3）或稱朕何？亦王者之稱也。朕，我也。或稱予者，予亦我也。（卷二《號》，頁48）

　　　　（4）或曰：封者，金泥銀繩。或曰：石泥金繩，封之以印璽。（卷六《封禪》，頁279）

　　「或曰」還可以用來引進名物制度的不同名稱。如：

　　　　何以知天子之子亦稱世子也？《春秋》曰：「公會王世子於首止。」
　　　　或曰：「天子之子稱太子。」（卷一《爵》，頁30）

二、又曰、一說、一說曰

　　這組術語都是引用、兼採異家之說，以先出現的說法爲主，後出現的解釋作爲參考，意思爲「另一說」。《白虎通》中使用最多的術語是「又曰」，共四例。「一說」、「一說曰」分別爲二例和一例。如：

　　　　（1）大夫不世位何？股肱之臣任事者也。又曰：「孫首也庸，不任輔政，妨塞賢路，故不世位。（卷四《封諸侯》，頁146）

　　　　（2）禁者，言萬物禁藏。一說東方持矛，南方歌，西方戚，北方擊金。（卷三《禮樂》，頁110）

　　　　（3）何以名爲夷蠻？曰：「聖人本不治外國。非爲制名也，因其國名而言之耳。一說曰：「名其短而爲之制名也。」（卷三《禮樂》，頁114）

　　古代訓詁中，一些有參考價值的異說，往往採用術語予以保留。我們將這類術語稱爲「引異說術語」。

第六章 訓釋方法

　　訓詁方法通常指的是考求古文獻中詞義的手段。郭在貽先生說：「訓詁的中心內容是釋詞，因此所謂訓詁的方法，主要就是釋詞的方法。……是指一個陌生的詞兒擺在面前，我們採用什麼樣的手段，才能使它由未知變爲已知，這種由未知求得已知的手段，便是我們所說的方法。」從理論上說，自從有了訓詁的行爲，就有了訓詁的方法。訓詁起源於先秦，發達於漢代，因此可以斷言，訓詁方法的產生，已有兩千多年的歷史。可是由於古代訓詁著作（包括《毛詩故訓傳》之類注釋書和《爾雅》之類訓詁專著）體裁所限，其於詞義之解釋，往往不顯示探求之過程，只給出釋義之結果，故而後人所見，只有訓詁的方式（形式），卻看不出訓詁的方法來。〔註1〕

　　中國古代文獻尤其是秦漢古籍正文中保存有豐富的訓詁資料。關於這些訓詁資料，陸宗達先生在《訓詁簡論》中有言：「對於訓詁學來說，它是可貴的財富，我們如果把這方面的資料收集起來，總結它的規律，闡明它的體例，以進一步理解訓詁的意義，探討解釋的奧妙，對於訓詁學的發展一定有較大幫助。」〔註2〕

〔註1〕郭在貽訓詁學〔A〕郭在貽文集（第一卷）〔M〕，北京：中華書局，2002 第 483 頁。

〔註2〕陸宗達《訓詁簡論》〔M〕，北京：北京出版社，1980，第 83 頁。

正文訓詁是我國傳統訓詁學的源頭，它基本確立了後代古書注釋的體式，許多訓詁方法和訓詁術語都得到應用。與後世的傳注箋疏相比，在古籍詮釋方面，古書正文中的訓詁材料更有價值。那些由著書者親自撰定的對詞義和文意等的解釋，基本切合著者的原意。又由於著者距古書的成書年代較近，正文訓詁中對前代古書文句的解釋，也顯得極為珍貴，備受後人重視。正文訓詁還有很多優點，「它不但可以避免由於文外加注而造成的支離破碎的毛病，而且可以起到條目分明，渲染周到的積極作用，有時還可以使語法結構富於變化，把思想表達得更準確、鮮明、生動」，〔註3〕「對於訓詁學來說，它是可貴的財富。我們如果把這方面的資料搜集起來，總結它的規則，闡明它的體例，以進一步理解訓詁的意義，探討釋解的奧妙，對於訓詁學的發展一定有較大幫助」。〔註4〕《白虎通》中保存有大量訓詁資料，十分具有研究價值，是研究我國早期訓詁學史的寶貴財富。《白虎通》全篇解釋經文，既釋詞，又釋句，但以釋句為主，釋詞則服務於釋句，幫助疏通文意。下面我們就從釋詞和釋句兩個方面來探討《白虎通》的訓詁方法。

第一節　釋詞

釋詞是訓詁學的核心內容。黃侃先生云：「訓詁之事，在解明字義和詞義。」〔註5〕《白虎通》重在釋句，而解釋詞義是解釋句意的基礎。根據《白虎通》詞語訓詁的實際情況，其主要釋詞方法可歸納為四大類，分別為因聲求義、義訓、引用典籍、存異說。

一、聲訓

聲訓，也叫音訓，是一種很重要的訓詁方法。聲訓是一種用音同或音近的字來解釋詞義的方法，也稱為「以聲音通訓詁」。字形對語言中的詞來說，只是外在的因素。語言中的詞是音義的結合體，索緒爾曾把這種關係比作一張紙的正反兩面，〔註6〕語音才是詞的真正的物質外殼。僅僅靠詞的外在形式來研究詞

〔註3〕陸宗達《訓詁簡論》，北京出版社，2002 年版，　第 99 頁。

〔註4〕陸宗達《訓詁簡論》，北京出版社，2002 年版，第 100 頁。

〔註5〕《黃侃國學講義錄》，第 245 頁，中華書局，2006 年。

〔註6〕詳參瑞士‧索緒爾《普通語言學教程》，北京：商務印書館，1980 年版，第 158 頁。

義，是不能從根本上解決問題的。因此，前代學者在長期的訓詁實踐中創造並大量使用了聲訓這一行之有效的科學的釋詞方法。

　　聲訓產生的年代較早，先秦時期已經有聲訓的例子，例如《周易・說卦傳》：「乾，健也；坤，順也；震，動也；巽，入也；坎，陷也；離，麗也；艮，止也；兌，說也。」《禮記・鄉飲酒義》：「東方者春，春之爲言蠢也，產萬物者聖也。南方者夏，夏之爲言假也，養之、長之、假之，仁也。西方者秋，秋之爲言愁也，愁之以時察，守義者也。北方者冬，冬之爲言中也，中者藏也。」《莊子・齊物論》：「庸也者，用也。用也者，通也。」

　　當然，先秦時期的聲訓尚處於聲訓的萌芽狀態，它們與正文融爲一體，是作者的一種行文內容，是作者爲了說明某一哲學道理，闡明某一政治主張，解釋某一典章名物而形成的一種述說方式。它旨在闡發微言奧義，或用來增強論辯的說服力，也就是說，此時的聲訓尚未發展爲嚴格的語言學聲訓。儘管如此，先秦諸子的聲訓活動仍然給後人以很大啓發。因此，他們的聲訓材料實質上也是聲訓發展的一個階梯。

　　到了漢代，隨著經學的興盛，學者們在語言運用和解經活動中逐漸體悟到音同音近的詞往往意義相通，於是開始普遍把聲訓方法運用於訓詁實踐中。漢儒研製經學、小學採用聲訓方法的代表人物有毛亨、馬融、班固、董仲舒以及鄭玄、劉熙、楊雄、許慎等。將聲訓運用於訓詁學的首推漢代《毛詩故訓傳》，如《詩經・召南・行露》：「誰謂女無家，何以速我獄？」毛亨傳《毛傳》：「獄，確也。」《小雅・巧言》：「靠君子信盜，亂是用暴。」毛亨傳《毛傳》：「盜，逃也。」毛詩運用聲訓解釋了「獄弦、「盜」的命名之義。《尚書・禹貢》：「禹敷土，隨山刊木，奠高山大川。」馬融注：「敷，分也……奠，定也。」這是以同源詞相訓。董仲舒《春秋繁露・深察名號》提出深察名號的根本在於「君」、「王」二字。「王者皇也，王者方也，王者匡也，王者黃也，王者往也。』」「君者元也，君者原也，君者權也，君者溢也，君者群也。」指出「君」、「王」分別有五方面的含義。而他對「名」「號」的解釋是：「名之爲言鳴與命也：號之爲言號而效也。號而效天地者爲號，鳴而命者爲名，名號異聲而同本，皆鳴號麗達天意者也。

　　總之，聲訓在漢代十分盛行。據統計，《毛詩故訓傳》用聲訓 525 次，《鄭箋》用聲訓 411 次，《禮記鄭注》用聲訓 607 次，《孟子趙岐注》用聲訓 81 次。《白虎通義》不可能不受這一時代風潮的影響。因此，從某種意義上來說，以

聲訓爲主的《白虎通義》是漢代這個特定歷史時期的產物。

　　《白虎通》中在訓釋詞語時運用了大量的聲訓，具體來說有同音爲訓，雙聲爲訓，疊韻爲訓。但需注意的是此處判斷聲訓的依據是中古的音學原理。

（一）同音為訓

　　古人以音載義，義寓於音，聞聲即知義。凡音同音近的字，其義往往相同，而且又往往來自同一語源，因此可以展轉相訓。

　　（1）未，味也。（卷四《五行》，頁 176）

　　　　未（明母、微韻、去聲）——味（明母、微韻、去聲）

　　（2）弑者何謂也？弑者，試也。（卷五《誅伐》，頁 223）

　　　　弑（書母、之韻、去聲）——試（書母、之韻、去聲）

　　（3）少陰見於申。申者，身也。（卷四《五行》，頁 177）

　　　　申（書母、眞韻、平聲）——身（書母、眞韻、平聲）

　　（4）霸者，伯也。（卷一《爵》，頁 6）

　　　　霸（幫母、鐸部、入聲）——伯（幫母、鐸部、入聲）

　　（5）丙者，其物炳明。（卷四《五行》，頁 190）

　　　　丙（幫母、陽部、上聲）——炳（幫母、陽部、上聲）

　　（6）卯者，茂也。（卷四《五行》，頁 189）

　　　　卯（明母、幽部、上聲）——茂（明母、幽部、上聲）

　　（7）瑁之爲言冒也。（卷八《瑞贄》，頁 350）

　　　　瑁（明母、幽部、去聲）——冒（明母、幽部、去聲）

　　（8）廟者，貌也。（闕文《宗廟》，頁 567）

　　　　廟（明母、宵部、去聲）——貌（明母、宵部、去聲）

　　（9）芒之爲言萌也。（卷四《五行》，頁 189）

　　　　芒（明母、陽部、平聲）——萌（明母、陽部、平聲）

　　（10）味之爲言昧也。（卷三《禮樂》，頁 97）

　　　　味（明母、物部、入聲）——昧（明母、物部、入聲）

（11）瀆者，濁也。（卷六《巡狩》，頁 298）

瀆（定母、屋部、入聲）——濁（定母、屋部、入聲）

（12）禮之爲言履也。（卷三《禮樂》，頁 93）

禮（來母、脂部、上聲）——履（來母、脂部、上聲）

（13）蔟者，湊也。（卷四《五行》，頁 179）

蔟（清母、屋部、入聲）——湊（清母、屋部、入聲）

（二）雙聲爲訓

（1）洗者，鮮也。（卷四《五行》，頁 184）

洗（心母、齊韻、上聲）——鮮（心母、仙韻、平聲）

（2）周者，至也，密也。（卷二《號》，頁 58）

周（章母、尤韻、平聲）——至（章母、脂韻、去聲）

（3）霸，猶把也。（卷一《爵》，頁 16）

霸（幫母、入聲、鐸部）——把（幫母、入聲、魚部）

（4）紼者，蔽也。（卷十《紼冕》，頁 493）

紼（幫母、入聲、物部）——蔽（幫母、入聲、月部）

（5）肺之爲言費也。（卷六《封禪》，頁 278）

肺（滂母、入聲、月部）——費（滂母、入聲、物部）

（6）木之爲言牧也。（卷六《封禪》，頁 283）

木（明母、入聲、屋部）——牧（明母、入聲、職部）

（7）妹者，末也。（卷六《封禪》，頁 284）

妹（明母、入聲、物部）——末（明母、入聲、月部）

（8）烝之爲言眾也。（闕文《宗廟》，頁 567）

烝（章母、平聲、蒸部）——眾（章母、平聲、冬部）

（9）祝者，屬也。（卷一《爵》，頁 9）

祝（章母、入聲、覺部）——屬（章母、入聲、屋部）

（10）宗者，尊也。（卷六《封禪》，頁278）

宗（精母、平聲、冬部）——尊（精母、平聲、文部）

（11）瑟者，嗇也。（卷三《禮樂》，頁119）

瑟（生母、入聲 質部）——嗇（生母、入聲、職部）

（12）諫者，更也。（卷五《諫諍》，頁226）

諫（見母、平聲、元部）——更（見母、平聲、陽部）

（13）妃者，匹也。（卷十《嫁娶》，頁451）

妃（滂母、微部、平聲）——匹（滂母、質部、入聲）

（14）䀹者，覆也。（卷十一《崩薨》，頁537）

䀹（滂母、冬部、去聲）——覆（滂母、覺部、入聲）

（15）婦者，服也。（卷六《封禪》，頁279）

婦（並母、之部、上聲）——服（並母、職部、入聲）

（16）周者，至也。（卷二《號》，頁67）

周（章母、幽部、平聲）——至（章母、質部、入聲）

（17）叔者，少也。（卷六《封禪》，頁280）

叔（書母、覺部、入聲）——少（書母、宵部、上聲）

（18）仁者，不忍也。（卷六《封禪》，頁281）

仁（日母、真部、平聲）——忍（日母、文部、上聲）

（19）族者，聚也。（卷六《封禪》，頁281）

族（從母、屋部、入聲）——聚（從母、侯部、上聲）

（20）簫者，肅也。（卷三《禮樂》，頁107）

簫（心母、幽部、平聲）——肅（心母、覺部、入聲）

（21）死之爲言澌。（卷十一《崩薨》，頁533）

死（心母、脂部、上聲）——澌（心母、支部、平聲）

（22）洗者，鮮也。（卷四《五行》，頁182）

洗（心母、文部、上聲）——鮮（心母、元部、上聲）

（三）疊韻為訓

（1）娶者，取也。（卷十《嫁娶》，頁 491）

娶（心母、虞韻、平聲）——取（清母、虞韻、上聲）

（2）徵者，止也。（卷三《禮樂》，頁 116）

徵（之部、上聲、端母）——止（之部、上聲、章母）

（3）時者，期也。（卷九《四時》，頁 429）

時（之部、平聲、禪母）——期（之部、平聲、群母）

（4）巳者，物必起。（卷四《五行》，頁 182）

巳（之部、上聲、邪母）——起（之部、上聲、溪母）

（5）紀者，理也。（卷六《封禪》，頁 280）

紀（之部、上聲、見母）——理（之部、上聲、來母）

（6）北方者，伏方也。（卷四《五行》，頁 170）

北（職部、入聲、幫母）——伏（職部、入聲、并母）

（7）贈之為言稱也。（卷十一《崩薨》，頁 550）

贈（蒸部、去聲、從母）——稱（蒸部、去聲、昌母）

（8）西者，老也。（卷四《五行》，頁 194）

西（幽部、上聲、喻母）——老（幽部、上聲、來母）

（9）老者，壽考也。（卷五《鄉射》，頁 248）

老（幽部、上聲、來母）——考（幽部、上聲、溪母）

（10）秋之言愁也。（卷四《五行》，頁 187）

秋（幽部、平聲、清母）——愁（幽部、平聲、崇母）

（11）學之為言覺也。（卷六《辟雍》，頁 254）

學（覺部、入聲、匣母）——覺（覺部、入聲、見母）

（12）樞之為言久也。（卷十一《崩薨》，頁 534）

樞（之部、群母、去聲）——久（之部、見母、上聲）

（13）亥者，侅也。（卷四《五行》，頁 187）

　　　亥（之部、匣母、上聲）——侅（之部、見母、平聲）

（14）醜者，紐也。（卷四《五行》，頁 172）

　　　丑（幽部、透母、平聲）——紐（幽部、泥母、上聲）

（15）教者，效也。（卷六《封禪》，頁 280）

　　　教（宵部、見母、平聲）——效（宵部、匣母、去聲）

（16）號者，功之表也。（卷二《號》，頁 43）

　　　號（宵部、匣母、去聲）——表（宵部、幫母、上聲）

（17）東方者，動方也。（卷四《五行》，頁 173）

　　　東（東部、端母、平聲）——動（東部、定母、上聲）

（18）桐者，痛也。（卷十一《喪服》，頁 511）

　　　桐（東部、定母、平聲）——痛（東部、透母、去聲）

（19）鍾之爲言動也。（卷三《禮樂》，頁 93）

　　　鍾（東部、章母、平聲）——動（東部、定母、上聲）

（20）松者，所以自竦動。（闕文《宗廟》，頁 567）

　　　松（東部、邪母、平聲）——竦（東部、心母、上聲）

（21）女者，如也。（卷十《嫁娶》，頁 561）

　　　女（魚部、泥母、上聲）——如（魚部、日母、平聲）

（22）妾者，接也，以時接見也。（卷十《嫁娶》，頁 490）

　　　妾（清母、?韻、入聲）——接（精母、?韻、入聲）

（23）妻者，齊也，與夫齊體。（卷十《嫁娶》，頁 490）

　　　妻（清母、齊韻、平聲）——齊（從母、齊韻、平聲）

二、《白虎通》聲訓的貢獻與不足

　　白虎通》聲訓在先秦兩漢聲訓中起著承前啟後的作用，它可以給漢語詞源學的建立和完善、訓詁學的發展以及上古音研究的發展提供可資借鑒的材料。對《白虎通》聲訓的訓釋詞與被訓釋詞之間的語音關係和意義關係進行考察，

能爲漢語語音史、詞彙史的建立和完善提供經過論證的材料和結論。對漢語詞源學的建立也將起到補苴的作用。其貢獻主要體現在以下幾個方面：

（一）有助於音韻學研究

《白虎通》的聲訓材料是傳統音韻學研究極爲寶貴的資料，利用這些資料，可以考察漢代語音系統的某些特點以及瞭解漢語語音發展演變的某些情況。例如，利用下面的一些材料，就可考知漢代聲母的有關特點：

（1）妃者，匹也。（卷十《嫁娶》，，頁 491）

　　妃（滂母、微韻、平聲）──匹（滂母、質韻、入聲）

（2）紼者，蔽也，行以蔽前者爾。（卷十《紼冕》，頁 493）

　　紼（幫母、物韻、入聲）──蔽（幫母、月韻、入聲）

（3）北方者，伏方也。萬物伏藏也。（卷四《五行》，，頁 173）

　　北（幫母、職韻、入聲）──伏（並母、職韻、入聲）

上述例子中的「妃」、「紼」、「伏」，其聲母在後世均爲輕唇音聲母，但《白虎通》中，它們卻分別被用來與「匹」、「北」、「蔽」這樣一些重唇音聲母的字相訓釋，說明漢代輕唇音聲母尚未從重唇音聲母中分化出來，這就驗證了「古無輕唇音」這一重要的語音發展規律。〔註7〕

另外《白虎通》的聲訓也可印證「古娘日歸泥」的說法。如：

（1）女者，如也，從如人也。（卷十《嫁娶》，，頁 491）

　　女（泥母、魚韻、上聲）──如（日母、魚韻、平聲）

（2）男者，任也。（卷一《爵》，頁 10）

　　男（泥母、侵韻、平聲）──任（日母、侵韻、去聲）

（3）南之爲言任也，任養萬物。（卷三《禮樂》，頁 110）

　　南（泥母、侵韻、平聲）──任（日母、侵韻、去聲）

「女、男、南」古讀泥母字，「任、如」古讀日母字，可以印證「古娘日歸泥」的說法。

〔註7〕葉方石、王麗俊《〈白虎通義〉聲訓的價值與不足》，武漢船舶職業技術學院學報（人文社科）2009 年第 2 期，第 120 頁。

（二）有助於同源詞的研究

要從事同源詞的研究，所必須要做的一項重要工作就是，弄清同源詞之間的「淵源」關係，探尋它們之間意義上的共同點以及音義上的演變軌迹。那麼，首先必須繫聯同源詞，即把同一語源的派生詞部分或全部地歸納、繫聯在一起，以便比較、分析。而同源詞的繫聯，又必須有比較可靠的文獻語言資料提供參考和佐證。〔註8〕

《白虎通》中的聲訓材料有一些正可在同源詞的繫聯方面起到提供參考和佐證的作用。舉例如下：

（1）霜之爲言亡也。陽以散亡。（卷六《災變》，頁271）

（2）喪者，何謂也？喪者，亡也。卷十一《崩薨》，頁535）

例1和例2中，「霜」、「喪」都釋之以「亡」，意義上有相通之處，而且「霜」、「喪」都爲陽部字，音近。據此，可繫聯在一起，「霜」、「喪」、「亡」可判定爲同源詞。如果進一步地考察其它文獻語言資料，知「霜」、「喪」、「亡」三者的確爲同源之詞。請看如下材料：《說文》：「霜，喪也，成物者，從雨相聲。」《釋名·釋天》：「霜，喪也，其氣慘毒物皆喪也。」《荀子·禮論》：「貳之則喪也。」注：「喪。亡也。」《論語·雍也》：「亡之。」集解引孔注：「亡，喪也。」《文選·上林賦》：「似若有亡。」司馬彪注：「亡，喪也。」

（3）紀者，理也。大者爲剛，小者爲紀，所以張理上下，整齊人道也。（卷八《三綱六紀》，頁374）

例3將「紀」訓爲「理」。「紀」和「理」同源。《說文》：「紀，絲別也。」《說文解字注》：「別絲者，一絲必有其首，別之是爲紀。引申之爲凡經理之稱。張之爲綱，理之爲紀。」《詩·大雅·棫樸》「綱紀四方」馬瑞辰傳箋通釋：「紀，乃抽絲之稱。」《說文》：「理，治玉也。」《說文解字注》：「戰國策：鄭人謂玉之未理者爲璞。是理爲剖析也。」《戰國策·秦策一》「不可勝理」高誘注：「理，治也。」《說文》：「順，理也。」《說文解字注》：「玉得其治之方，謂之理；凡物得其治之方，皆謂之理。」「紀」爲治絲；「理」爲治玉。二者同源，其中心義爲「治理」。「紀」在《白虎通》中作道德規範來講，是「治絲」義的引申，

〔註8〕葉方石、王麗俊《〈白虎通義〉聲訓的價值與不足》，武漢船舶職業技術學院學報（人文社科）2009年第2期，第120頁。

它也含有「治理」之義，故而與「理」同源。

> （4）庶人曰死。魂魄死去。死之爲言澌，精氣窮也。（卷十一《崩薨》，頁 534）

《說文》：「死，澌也，人所離也。」《說文解字注》：「水部曰：『澌，水索也。』《方言》：澌，索也，盡也。是『澌』爲凡盡之稱。人盡曰死。死、澌異部疊韻。」形體與魂魄相離。人盡爲死。《說文》：「澌，水索也。」《廣雅·釋詁一下》：「澌，盡也。」《方言》卷三：「澌，盡也。」《禮記·曲禮下》鄭注云：「死之言澌也，精神澌盡也。」《荀子·大略》「惡言死焉」楊注引鄭康成曰：「死之言澌，澌猶消盡也。」人盡爲「死」，水盡爲「澌」。可見，「死」、「澌」同源。

（三）有利於推求語源

《白虎通》大量採用聲訓來探求名物得名由來，雖然較多訓釋牽強附會，但也有一些聲訓科學地闡明了一些事物的得名之由，眞正地推求出了詞語的語源，對於我們今天研究同源詞，進行正確地推源，具有較高的參考價值。如：

> （1）嫁者，家也。婦人外成，以出適人爲家。（卷十《嫁娶》，頁 491）

「嫁」、「家」二字見母雙聲，魚部疊韻，語音十分接近。《同源字典》：古人以爲婦女出嫁才算有家，故「嫁」「家」同源。〔註9〕《說文》：「嫁，女適人也。」《詩·鄭風·豐序》箋：「謂嫁娶之禮。」疏：「嫁，謂女適夫家。」從詞義產生的先後來看，先有家才會有嫁，所以「家」是「嫁」的源詞。

> （2）冬之爲言終也。（卷四《五行》，頁 180）

「冬」、「終」二字端章準雙聲，冬部疊韻，語音十分接近。「《說文》：「冬，四時盡也。」《廣雅·釋詁》：「冬，終也。」《釋名·釋天》：「冬，終也，物終成也。」「冬」指冬季，爲四季之末、一年將盡之時，而「終」的意思是窮盡、終了，二者在意義上相通。故將「終」視爲「冬」的源詞，甚爲確當。《同源字典》求證「冬」的語源，亦用到了《白虎通》的這一條訓解。

> （3）教者，效也。上爲之，下傚之。（卷八《三教》，頁 371）

「教」、「效」二字見匣旁紐，幽部疊韻，語音十分接近。《說文》：「教，上所

〔註9〕王力，同源字典〔M〕，北京：商務印書館，2002：第 127 頁。

施，下所效也。從攴孝。」段玉裁說：「孝見《子部》效也。上施故從攴，下效故從孝。」《段注》：「孝，放也。放、傚古通用。……教字、學字皆以孝會意。教者與人可以放也，學者放而象之也。」《說文》：「效，象也。」「《左傳》引《詩》『民胥效矣』是也。彼行之而此傚之。故俗云報效、云效力、云效驗。……效法之字亦作爻。《繫辭》『爻法之謂坤』是。」《定聲》引《春秋元命苞》「教之爲言傚也。」《釋名·釋言語》：「教，效也，下所法效也。」《禮記·中庸》「修道之謂教」鄭玄注：「治而廣之，人仿傚之，是曰教。」《墨子·小取》：「效者，爲之法也。」《廣韻·效韻》：「教，法也。」《釋名·釋言語》「教，效也」畢沅疏證：「諸本效作傚」。《定聲》：「字又作傚。《元命苞》：教之爲言傚也。上行之，下傚之。」「教」從「孝」受「效」義，教導、教育均從上而言教，受教育從下而言效。《廣雅·釋詁三》：「爻、放、教、學，效也。」「教」的詞源義爲「效」。

（四）《白虎通》聲訓之不足

《白虎通義》的時代，由於還沒有科學的語言學理論作指導，研究方法也比較落後，從事聲訓研究時繫聯詞與詞的音義關係，較大程度上是憑直覺與猜測。因此，這時的聲訓存在著很多不足之處。就《白虎通》的聲訓看，存在的問題主要有如下方面：

1. 以引申詞釋源詞

> 侯者，候也。候逆順也。（卷一《爵》，頁 8）

「侯」與「候」都是匣母雙聲，侯部疊韻。《說文》無「侯」字，寫作「矦」。《說文·矢部》：「矦，春饗所射矦也。」經傳多寫作「侯」。《儀禮·大射》「司馬命量人量侯道」鄭玄注：「侯，謂所射布也。尊者射之，以威不寧侯；卑者射之，以求爲侯。」《周禮·天官·司裘》：「王大射，則共虎侯，熊侯，豹侯」鄭玄注：「所射正謂之侯者，天子中之，則能服諸侯；諸侯以下中之，則得爲諸侯。」由此引申出「諸侯」義。《戰國策·齊策一》「成侯鄒忌爲齊相」高誘注：「侯，爵也。」《周禮·春官小祝》「將事侯禳禱祠之祝號」鄭玄注：「侯之言候也。」諸侯時刻等待著天子的召喚，又引申出「伺望、等待」義。《孝經·孝治》「而況於公侯伯子男乎」鄭玄注：「侯者，候伺。」《獨斷》卷上：「侯者，候也，候逆順也。」

《史記·夏本紀》「甸外五百里侯服」裴集解引孔安國曰：「侯，候也，斥候而服事也。」

《說文·人部》：「候，伺望也。」「候」來源於「侯」，是「侯」的引申義，其源詞爲「侯」。《白虎通》以引申義釋詞源義，顛倒了源流。

2. 以派生義釋其源詞

（1）水之爲言準也。養物平均，有準則也。（卷四《五行》，頁167）

「水」和「準」都是書章旁紐，微文對轉。《說文·水部》：「水，準也。北方之行，象眾水並流，中有微陽之氣也。」《釋名·釋天》：「水，準也，準平物也。」《說文·水部》：「準，平也。」《玉篇·冫部》：「準，俗準字。」《呂氏春秋·君守》「有準不以平」高誘注：「準，法也。」《彙纂》引《字林考逸·父部》：「準，平也。」引《玄應音義》卷四「準平」注：「準，平也，均也，度也。」《定聲》：「《考工·匠人》：『水地以縣，天下莫平於水，故制平物之器謂之準。』」「水」在《白虎通》中用作五行之一，其意義應該是從水這種物質之中抽象出來的。「水」因其平，故可衡量其他事物，而用來作衡量標準的器物就是「準」。因此「準」來源於「水」，其詞源義爲「平」。五行之「水」與「準」有共同的義素「平」。《白虎通》是以派生義釋其源詞的抽象義。

（2）弟者，悌也。心順行篤也。（卷十《嫁娶》，頁380）

「弟」和「悌」都是定母雙聲，脂部疊韻。「弟」在《白虎通》中指兄弟。《說文·心部新附》：「悌，善兄弟也。從心，弟聲。經典通用弟。」「悌」指弟弟敬愛兄長，本作「弟」。《釋名·釋言語》「悌，弟也」畢沅曰：「《說文》無『悌』字，古通用『弟』。」《論語·學而》：「其爲人也孝悌。」《荀子·王制》：「能以事兄謂之弟。」後分化出後起區別字「悌」。《修身》「端愨順弟」注：「弟與悌同。」《新書·道術》：「弟敬愛兄謂之悌。」

《論語 學而》「弟子入則孝，出則悌」《釋文》：「弟，大計反，本或作『悌』。」《墨子 兼愛下》：「爲人兄必友，爲人弟必悌。」畢云：「當爲弟，此俗寫。」「悌」是弟弟敬順兄長的意思，它是兄弟之「弟」派生出來的同源詞，因弟弟以弟之道敬順兄長而得名。《白虎通》是以派生詞釋源詞。

3. 同一詞有兩種不同的聲訓

《白虎通》聲訓往往對同一事物的名稱的來源作出兩種不同的解釋。例如：

（1）羽者，紆也。陰氣在上，陽氣在下。（卷三《禮樂》，頁 120）

（2）羽之爲言舒，言萬物始孳。（卷四《五行》，頁 180）

（3）霸猶迫也，把也。迫脅諸侯，把持王政。（卷二《號》，頁 63）

例（1）中的「羽」在文中與宮、商、角、徵並列，顯是五音之一。例（2）在書中的前一句爲：「冬之爲言終。其位在北方，其音羽。」由此可斷定例（2）中的「羽」也是指五音之一，與例（1）的「羽」同爲一詞。然而，按照《白虎通義》上的解釋，既可以說「羽」得名於「紆」，含「彎曲」、「回轉」的意思，又可以說「羽」得名於「舒」，含「抒展」之意。班固在此兼存異說，未作取捨。例（3）中的「霸」與「迫」均爲鐸韻幫母，係同音字爲訓。「把」魚韻幫母字，以之釋「霸」，係音近字爲訓。在同一條訓釋中，將「霸」的音義來源解釋出了兩個。

從語言學理論上講，一個詞的音義來源只能有一個，不可能有兩個或兩個以上。而《白虎通義》對同一事物的名稱卻說出兩個來源，這顯然是不科學的。

三、義訓

自上世紀四十年代以來，無論是訓詁學專著還是訓詁學論文，人們對訓詁方法的認識基本是一致的，有形訓、聲訓、義訓三種。對於以上三種訓詁方法，前兩者在概念上一直得到人們的普遍認可，而對於「義訓」這一訓詁方法的界定存在很大的分歧，研究者各持己說，沒有形成統一的意見。諸家對於「義訓」術語的定義有所不同。首先，訓詁大師黃侃在《文字聲韻訓詁筆記》對「義訓」作了如下界定：「義訓者，觀念相同，界說相同，特不說兩字之製造及其發音有何關係也。」〔註10〕他明確點出了「義訓」的實質：與字形、字音無關。這是傳統訓詁學對「義訓」的認識，這種觀點對後世影響很大，後世很多學者根據黃侃對「義訓」的界定又衍化出了自己對「義訓」新的定義。如：

（1）周大璞《訓詁學初稿》：「義訓就是直陳詞義而不借助於音和
　　　形。」〔註11〕

〔註10〕黃侃，文字聲韻訓詁筆記〔M〕，上海：上海古籍出版社，1983，第 190 頁。

〔註11〕周大璞，《訓詁學初稿》〔M〕，武漢：湖北人民出版社，1980，第 216 頁。

（2）黃建中《訓詁學教程》：「義訓就是直接訓釋字義、詞義。」
〔註12〕

（3）張永言《訓詁學簡論》：「形訓、聲訓以外的訓釋字（詞）義的
方法都屬於義訓。」〔註13〕

（4）毛遠明《訓詁學新編》：「義訓是指直接訓釋詞義，而不借助於
詞的語音形式和記錄詞的文字形式，以能夠說明詞的意義爲準
的，是訓詁的常法。」〔註14〕

（5）蘇寶榮、武建宇《訓詁學》：「在訓釋語詞時，僅從現有意義的
角度來選擇訓釋詞或作出義界，而不考慮詞義來源與形義關
係，這種直陳詞義的說解方式叫做義訓。」〔註15〕

（6）馮浩菲《中國訓詁學》：「義訓法是直接從詞義角度出發確定被
釋詞的含義的釋詞方法。」〔註16〕

以上學者對「義訓」的界定與黃侃先生的界定實質相同，強調的是與字形、字
音的無關性。也有學者從另外的角度給「義訓」下了定義，如：郭在貽在《訓
詁詁學》中指出：「以通行詞訓釋古語詞和方言詞的意義謂之義訓。」〔註17〕郭
先生對「義訓」的定義較有針對性，但「義訓」的內容不僅僅是解釋古語和方
言。對於「義訓」的界定問題，眾多學者都是圍繞黃侃的觀點下定義。因而筆
者採用黃侃的觀點：義訓即直接訓釋詞義，而不借助於詞的語音形式和詞的文
字形式。

《白虎通》在採用義訓的方法時，主要從以下幾個方面來解釋詞義的。

（一）同義相訓

由於語言存在古今、南北、雅俗的區別，因此同一意義可以用不同的詞語
表示，這種「異言相代」是同義爲訓的基礎。同義爲訓，顧名思義，是用意義

〔註12〕黃建中，《訓詁學教程》〔M〕，武漢：荊楚書社，1988，第243頁。

〔註13〕張永言，《訓詁學簡論》〔M〕，武漢：華中工學院出版社，1985，第136頁。

〔註14〕毛遠明，《訓詁學新編》〔M〕，成都：巴蜀書社，2002，第187頁。

〔註15〕蘇寶榮，武建宇，《訓詁學》〔M〕，北京：語文出版社，2005，第81頁。

〔註16〕馮浩菲，中國訓詁學〔M〕，濟南：山東人學出版社，1995，第235頁。

〔註17〕郭在貽，《訓詁學》〔M〕，長沙：湖南人民出版社，1986，第44頁。

相同或相近的同義詞進行訓釋。同義詞分兩種：絕對同義詞和相對同義詞。「義位完全相同，在任何語境中都能替換的同義詞叫絕對同義詞或等義詞。同義詞中絕對同義詞數量較少，絕大多數是相對同義詞，或叫近義詞。相對同義詞是指義位的理性意義和色彩意義不完全相同的一對詞，它們的理性意義有交叉或重合部分，但還有差別。」﹝註18﹞同義爲訓中訓釋詞和被訓詞之間的所指是相同或相類的，它是古代最常用的一種訓釋方式。這種訓釋方法在《白虎通》中比較常見。如：

（1）討者何謂也？討猶除也。（卷五《誅伐》，頁 222）

（2）伐者何謂也？伐者，擊也。（卷五《誅伐》，頁 222）

（3）篡者何謂也？篡猶奪也，取也。（卷五《誅伐》，頁 224）

「討、伐、篡」三者均用同義詞或近義詞來解釋。「討」與「除」同義。《公羊·隱公四年》注：「討者，除也。」又云：「明國中人人得討之，所以廣忠孝之路。」「伐」與「擊」義近。《說文·人部》：「伐，擊也。」《詩經注疏》鄭注云：「伐謂擊刺也。一擊一刺曰一伐。」「篡」與「奪取」義同。《說文·厶部》：「屰而奪取曰篡。從厶，算聲。」《爾雅·釋詁》：「篡，取也。」

不論是同義詞還是同源詞，彼此意義完全相同是不可能的，而訓釋詞與被訓釋詞之間的差異，又往往正是被訓釋詞獨具的特點之所在。所以，從對詞義內容的表述來說，同義相訓是有很大局限的，我們稱之爲「不完全的訓釋」或「不充足的訓釋」。《白虎通》辨析近義詞時則採用「對文則別」的方法。近義詞是「相對同義詞」，有詞義相同的一面，又有不同的一面。傳統訓詁學在它們分別使用時可以相同，同時出現時取義則要加以辨析，即所謂「對文則別，散文則通。《白虎通》十分重視按這一原則進行訓詁。如：

（1）天子者，爵稱也。爵所以稱稱天子何？王者父天母地，爲天之子。（卷一《爵》，頁 1）

（2）德合天地者稱帝，仁義合者稱王，別優劣也。（卷二《號》，頁 43）

（3）帝者，天號；王者，五行之稱也。（卷二《號》，頁 44）

﹝註18﹞胡繼明：《〈廣雅疏證〉詞彙研究》（書稿）。

（4）皇者，何謂也？亦號也。皇，君也，美也，大也。天人之總，

美大之稱也。時質，故總稱之也。號言爲帝何？帝者，諦也。

象可承也。王者，往也，天下所歸往。（卷二《號》，頁44～45）

「帝」、「皇」乃是「天子」之別稱。「天子」之名義爲彰顯天子承天命而有，以天爲父，以地爲母，爲天之子，故曰「天子」。「天子」之名之所以是一種爵稱，是以「天子」的稱號執行天命所賜統治天下的任務，其目的在事天，表示對天負責。對天下而言，「帝王」之名義乃天下之至尊，足以號令群臣，統治天下。「天子」與「帝王」異名而同實。

（二）設立界說

設立界說，就是傳統訓詁學所說的義界，是指「用一句話或幾句話來闡明詞義的界限，對詞所表示的概念的內涵作出闡述或定義。」[註19] 黃侃先生云：「凡以一句解一字之義者，即謂之義界。」[註20] 大多數義訓都是用單詞解釋單詞，而單詞往往多義，因此，其所解釋的意義有時不夠明確。爲了彌補這個缺點，訓詁學家就採用下定義的辦法，把幾個詞或許多詞組合起來，以說明某一事物的定義。《白虎通》也採用了這種釋詞方式來解釋事物的屬性，特徵，功用，構造及發生的時地處所。如：

（1）帝者，天號；王者，五行之稱也。（卷二《號》，頁44）

（2）鳳凰者，禽之長也。（卷六《巡狩》，頁288）

（3）鬯者，以百草之香鬱金而合釀之，成爲鬯。（卷七《考黜》，頁309）

（4）鄉曰庠，里曰序。（卷六《辟雍》，頁261）

（5）衣者，隱也。（卷九《衣裳》，頁433）

（6）裳者，障也。（卷九《衣裳》，頁433）

（7）泮宮者，半於天子宮也（卷六《辟雍》，頁260）

「帝」是天神的封號，有美行、美德。「鳳凰」是神鳥，是鳥中的聖者。「鬯」是香草煮後釀成的一種酒，十分芳香。「庠、序」都是古代的學校名稱。殷曰庠，

〔註19〕郭在貽：《訓詁學》，第46頁，中華書局，2005年。

〔註20〕《黃侃國學講義錄》，第237頁，中華書局，2006年。

周曰序。周人在鄉設庠，在里設序，說明學校之設越來越普遍，越來越趨近民間。衣服的主要作用是「隱形」，「裳」是用來「自障閉」，都具有遮障的功用特徵，故《白虎通義》據以探求「衣」、「裳」的功能。作爲諸侯所設大學的「泮宮」，因爲其面積一般是天子所設立大學的一半，所以，古人便將半於天子之宮的外形特徵作爲「泮宮」的釋義。

（三）描寫譬況

對於一些表示人們不熟悉事物的詞和一些不好解釋的詞，我們可以採用描寫譬況。描寫譬況是對所要訓釋的事物加以描寫，或者用類似的事物加以譬況比擬。這種注釋內容有助於人們更好地理解被釋的內容。

(1) 車者，謂有赤有青之蓋，朱輪，特能居前，左右寢米也。（卷七《攷黜》，頁 306）

(2) 賓連者，樹名也。其狀連累相承，故生於房戶，象繼嗣也。（卷六《封禪》，頁 286）

(3) 雍者，壅之以水，象教化流行也。（卷六《辟雍》，頁 254）

(4) 瑁之爲言冒也。上有所覆，下有所冒也。（卷八《瑞贄》，頁 349）

(5) 廟者，貌也。象先祖之尊貌也。（卷十二《闕文》，頁 567）

上引諸例中，「車」、「賓連」、「雍」、「瑁」、「廟」同上例，是根據事物本身的形狀特徵來解釋；根據某事物跟另一事物形狀相似，採用比擬法給事物命名。故行文中使用「象」等術語。人們在認識客觀世界的新事物時，往往抓住事物的外形特點，並與已知（已命名）的事物進行類比，在相似的基礎上，根據已知事物的名稱來爲新事物命名。這種命名活動的結果，即產生了聲音相同相近、意義相通相關、與舊詞同源的一個新詞。根據語詞代表的客觀事物的形狀等外在特徵，去解釋事物，給事物命名，推尋一個具有相似關係的語詞（含事物外在特徵的相似、聲音的相似乃至詞形的相似），確實是一種科學、合理的方法。

四、引用書證

《白虎通》在釋義中，爲使釋義的內容更有說服力，常常引用古代典籍中的相關語句，起到證明詞義的作用，其所引的群經有《論語》、《孝經》、《禮記》、

《周易》、《尙書》、《尙書大傳》、《春秋左傳》、《春秋公羊傳》、《春秋穀梁傳》、《周易》、《詩》、《韓詩內傳》、《禮緯・含文嘉》、《王度記》、《喪服經》、《春秋潛潭巴》、《周官》、《春秋元命苞》等。如：

（1）變者何謂也？變者，非常也。《樂稽耀嘉》曰：「禹將受位，天意大變，迅風靡木，雷雨書冥。」（卷六《災變》，頁 320）

（2）天子之妃謂之後何？後者，君也。天子妃至尊，故謂后也。明配至尊，爲海內小君，天下尊之，故繫王言之，曰王后也。《春秋傳》曰：「迎王后於紀。」（卷十《嫁娶》，頁 489）

（3）國君之妻，稱之曰夫人何？明當扶進八人，謂八妾也。國人尊之，故稱君夫人也。自稱小童者，謙也。言己智慧寡少，如童蒙也。《論語》曰：「國君之妻，君稱之曰夫人，夫人自稱曰小童，國人稱之曰君夫人。稱諸侯異邦曰寡小君。」（卷十《嫁娶》，頁 490）

再者，《白虎通》有時也用書證直接回答詞義。如：

（1）八音者，何謂也？《樂記》曰：「土曰塤，竹曰管，皮曰鼓，匏曰笙，絲曰弦，石曰磬，金曰鍾，木曰柷敔。」（卷三《禮樂》，頁 121）

（2）戰者何謂也？《尚書大傳》曰：「戰者，憚警之也。」《春秋讖》曰：「戰者，延改也。」（卷五《誅伐》，頁 223）

（3）災異者何謂也？《春秋潛潭巴》曰：「災之言傷也，隨事而誅；異之言怪也，先發感動之也。（卷六《災變》，頁 319）

五、存異說

《白虎通》雖是爲了統一經文，但是它並不完全排斥異說。對於一些有參考價值的說法，它予以保留。如：

（1）五霸者，何謂也？昆吾氏、大彭氏、豕韋氏、齊桓公、晉文公。……或曰：五霸，謂齊桓公、晉文公、秦穆公、楚莊王、吳王闔閭也。……或曰：五霸，謂齊桓公、晉文公、秦穆公、宋襄公、楚莊王也。（卷二《號》，頁 62～65）

（2）何以名爲夷蠻？曰：「聖人本不治外國。非爲制名也，因其國名而言之耳。一說曰：「名其短而爲之制名也。夷者，僔夷無禮義。（卷三《禮樂》，頁 114）

（3）一說名之於燕寢。名者，幼小卑賤之稱也。質略，故於燕寢。（卷九《姓名》，頁 407）

（4）祭五祀，天子諸侯以牛，卿大夫以羊，因四時祭牲也。一說戶以羊，竈以雞，中霤以豚，門以犬，井以豕。或曰：中霤用牛，不得用牛者用豚，井以魚。（卷二《五祀》，頁 81～82）

第二節　釋句

釋句是《白虎通》最重要的內容。全書除了單純釋詞之外，其餘的全部以釋句爲主。其釋句有簡有繁，方法也各式各樣。但總的來說，《白虎通》運用的是解說式。解說式，即從不同的方面對句意進行解釋說明。根據《白虎通》具體的釋句內容，其解說式又可以分爲解說因由、解說現象、總結大意、點明隱含意、說明用意、分析文意、舉例釋義和比喻明義、引書證義九種。

一、解說因由

即從原因角度來解釋句意。多使用「故……」、「所以」、「以爲」、「以」等。如：

（1）不可曠年無君，故踰年乃即位改元。（卷一《爵》，頁 38）

（2）五穀眾多，不可一一祭也，故封土立社，示有土也。（卷三《社稷》，頁 86）

（3）喪禮必制衰麻何？以意副也。服以飾情，情貌相配，中外相應。故吉凶不同服，歌哭不同聲，所以表中誠也。（卷十一《喪服》，頁 626）

（4）司馬主兵，司徒主人，司空主地。王者受命，爲天地人之職，故分職以置三公，各主其一，以傚其功。（卷四《封公侯》，頁 157）

（5）天子立明堂者，所以通神靈，感天地，正四時，出教化，宗有
　　德，重有道，顯有能，襃有行者也。（卷六《辟雍》，頁 265）

（6）聖人所以制衣服何？以爲締絡避形，表德勸善，別尊卑也。
　　（卷九《衣裳》，頁 432）

（7）君舒臣疾，卑者宜勞，天所以反常行何？以爲陽不動無以行其
　　教，陰不靜無以成其化，雖終日乾乾，亦不離其處也。（卷九
　　《天地》，頁 502）

（8）王者始起，何用正民？以爲且用先代之禮樂，天下太平，乃更
　　製作焉。（卷三《禮樂》，頁 118）

（9）何以知堯時十有二州也？以禹貢言九州也。（卷四《封公侯》，
　　頁 135）

有時，一個句子中包含了兩次解釋原由。如：

（1）緣終始之義，一年不可有二君。故踰年即位，所以繫民臣之心
　　也。（卷一《爵》，頁 28）

（2）子得爲父報仇者，臣子之於君父，其義一也。忠臣孝子所以不
　　能已，以恩義不可奪也。（卷五《誅伐》，頁 219）

（3）弟子爲師服者，弟子有君臣、父子、朋友之道也。故生則尊敬
　　而親之，死則哀痛之，恩深義重，故爲之隆服，入則絰，出則
　　否也。（卷十一《喪服》，頁 622）

二、總結大意

即用簡短的語句對文句大意加以概括總結。常用「此」、「此言」、「此謂」、
「皆」。如：

（1）詩云：「相鼠有體，人而無禮，人而無禮，胡不遄死？」此妻
　　諫夫之詩也。（卷五《諫諍》，頁 233）

（2）詩云：「毋封靡於爾邦，惟王其崇之。」此言追誅大罪也。（卷
　　五《誅伐》，頁 215）

（3）臣所以勝其君何？此謂無道之君，故爲眾陰所害，猶紂王也。
　　（卷四《五行》，頁 225）

（4）皆刻石紀號者，著己之功迹以自效也。（卷六《封禪》，頁279）

（5）明王所以立諫諍者，皆爲重民而求己失也。（卷五《諫諍》，頁281）

（6）考禮義，正法度，同律曆，協時月，皆爲民也。（卷六《巡狩》，頁342）

（7）故《詩》云：「愷悌君子，民之父母。」《論語》曰：「君子哉若人。」此謂弟子，弟子者，民也。（卷二《號》，頁49）

三、說明用意

即說明語句中所述事件的意圖或目的所在，常使用「明」、「示」、「欲」。如：

（1）世子三年喪畢，上受爵命於天子何？明爵者天子之所有，臣無自爵之義。（卷一《爵》，頁31）

（2）太平乃封，知告於天，必也於岱宗何？明知易姓也。（卷六《封禪》，頁334）

（3）天有三光，然後能遍照，各自有三法，物成於三，有始，有中，有終。明天道而終之也。（卷四《封公侯》，頁157）

（4）所以有棺槨何？所以掩藏形惡也。不欲令孝子見其毀壞也。（卷十一《崩薨》，頁553）

（5）凶服不敢入公門者，明尊朝廷，吉凶不相干。（卷十一《喪服》，頁626）

（6）王者將出告天者，示不專也。（卷六《巡狩》，頁293）

（7）所以昏時行禮何？示陽下陰也，昏亦陰陽交時也。（卷十《嫁娶》，頁582）

（8）五穀眾多，不可一一祭也，故封土立社，示有土也。（卷三《社稷》，頁89）

（9）王者受命必改朔何？明易姓，示不相襲也。明受之於天，不受之於人，所以變易民心，革其耳目，以助化也。（卷八《三正》，頁426）

四、分析文意

這種方法主要用於分析說明文本中語句之間的意義聯繫，常用「言」、「則」等連接句子。如：

（1）王者將出，辭於禰，還格於祖禰者，言子辭面之禮，尊親之義也。（卷五《三軍》，頁 202）

（2）上無天子，下無方伯，諸侯有相滅亡者，力能救之，則救之可也。（卷五《誅伐》，頁 214）

五、舉例釋義

即例舉出有關歷史典故或事例來進一步說明句意。如：

（1）三年然後受爵者，緣孝子之心，未忍安吉也。故春秋魯僖公三十三年十二月乙巳，公薨於小寢。文公元年，春，王正月，公即位。四月丁巳，葬我君僖公。（卷一《爵》，頁 29）

（2）合曰大武者，天下始樂周之征伐行武，故詩人歌之曰：「王赫斯怒，爰整其旅。（卷三《禮樂》，頁 103）

六、比喻明義

即用打比方的方式來明曉句意，較多用「象」、「猶」。

（1）諸侯不過百里，象雷震百里所潤雲雨同也。（卷四《封公侯》，頁 139）

（2）火太陽精微，人君之象，象尊常藏，猶天子居九重之內，臣下衛之也。（卷四《五行》，頁 193）

（3）地之承天，猶妻之事夫，臣之事君也。（卷四《五行》，頁 198）

七、引書證義

《白虎通》在釋句時廣泛徵引各種典籍，或直接證明文意，或揭示原文之所以這樣說的原因。有《論語》、《孝經》、《禮記》、《周易》、《尚書》、《尚書大傳》、《春秋左傳》、《春秋公羊傳》、《春秋穀梁傳》、《周易》、《詩》、《韓詩內傳》、《禮緯·含文嘉》、《王度記》、《喪服經》、《周官》等。如：

（1）父母以義見殺，子不復仇者，為往來不止也。《春秋傳》曰：「父不受誅，子不復仇可也。」（卷五《誅伐》，頁 221）

（2）師弟子之道有三。《論語》:「朋友自遠方來」,朋友之道也;又曰:「回也,視予猶父也」,父子之道也;以君臣之義教之,君臣之道也。(卷六《辟雍》,頁 307)

（3）宗廟俱太牢,社稷獨少牢何?宗廟太牢,所以廣孝道。社稷爲報功,諸侯一國所報者少故也。《孝經》曰:「保其社稷,而和其民人,蓋諸侯之孝也。(卷三《社稷》,頁 85)

其次,《白虎通》引用典籍的最大特點就是連續引用幾個典籍來證明句意。如:

（1）封諸侯於廟者,示不自專也。明法度皆祖之制也,舉事必告焉。《王制》曰:「爵人於朝,與眾共之焉。」《詩》曰:「王命卿士,南仲太祖。」《禮祭統》曰:「古者明君,爵有德必於太祖,君降立於阼階南,南向,所命北面,史由君右執策命之。(卷一《爵》,頁 23)

（2）王者所以有二伯者,分職而授政,欲其亟成也。《王制》曰:「八伯各以其屬屬於天子之老二人,分天下以爲左右,曰二伯。」《詩》云:「蔽芾甘棠,勿翦勿伐,召伯所茇。」《春秋公羊傳》曰:「自陝以東,周公主之。自陝已西,召公主之。」(卷四《封公侯》,頁 136)

（3）天左旋,日月五星右行何?日月五星,比天爲陰,故右行。右行者,猶臣對君也。《含文嘉》曰:「計日月右行也。」《刑德放》曰「日月東行。」(卷九《日月》,頁 503)

此外,《白虎通》在釋句不是單獨的使用一種方法,而是兩種或三種方法的綜合運用。如:

（1）百王同天下,無以相別,改制,天子之大禮,號以自別於前,所以著己之功業也,必改號者,所以明天命已著,欲顯揚己於天下也。(卷二《號》,頁 68)

（2）王者始起,封諸父昆弟,示與己共財之義,故可以共土地。(卷四《封公侯》,頁 143)

（3）四時不隨正朔變何？以爲四時據物爲名，春當生，冬當終，皆以正爲時也。（卷九《四時》，頁 430）

（4）何以知上爲衣，下爲裳？以其先言衣也。《詩》曰：「褰裳涉溱」，所以合爲下也。（卷九《衣裳》，頁 433）

第三節　釋詞格式

《白虎通》的釋詞格式，如果從不同的角度去考察，則會呈現出種種不同的特點。對此，本文對《白虎通》釋詞的格式進行了歸納。主要有以下幾個特點。

一、直訓

直訓就是簡單直接的訓釋，以單音節詞來解釋單音節詞即用同義詞作釋，求其通而不求其別格式簡約。有「A，B」、「A，B 也」、「A 者，B 也」、「A 猶 B 也」、「A 謂 B」、「A 之言 B」等多種形式。如：

（1）伯，白也。（卷一《爵》，頁 10）

（2）仲者，中也。（卷九《姓名》，頁 416）

（3）賻者，助也。（卷十一《崩薨》，頁 539）

（4）賵者，覆也。（卷十一《崩薨》，頁 538）

被釋詞和釋詞或是有共同的義項，或是有共同的義素，這是其互釋的基礎。直訓中訓釋詞和被訓釋詞要求意義相同或相近。

二、通訓

通訓是指用短語訓釋詞義，有時訓釋語中會出現被釋詞。這種格式，一般被釋詞絕大部分爲具體名詞。如：

（1）鳴者，貴玉聲也。（卷三《禮樂》，頁 117）

（2）腓者，脫其臏也。（卷九《五刑》，頁 440）

（3）劓者，劓其鼻也。（卷九《五刑》，頁 440）

三、遞訓

遞訓是兩個直訓的聯結，第二個直訓是對第一個直訓的進一步解釋。在遞

訓中有一個訓詞要出現兩次，兼作訓釋詞和被訓詞，作爲遞訓的媒介。〔註 21〕
如：

（1）小者不滿爲附庸。附庸者，附大國以名通也。（卷一《爵》，頁
　　　11）

（2）卿之爲言章也，章善明理也。（卷一《爵》，17）

（3）其帝炎帝。炎帝者，太陽也。（卷四《五行》，頁 177）

（4）膽者，肝之府也。肝者，木之精也。（卷八《性情》，頁 387）

（5）舜猶姧；姧也，言能推信堯道而行之。（卷二《號》，頁 52）

（6）唐，蕩蕩也，蕩蕩者，道德至大之貌也。（卷二《號》，頁 59）

（7）大夫曰卒。精耀終也。卒之爲言終於國也。（卷十一《崩薨》，
　　　頁 534）

（8）庶人曰死。魂魄去亡。死之爲言澌，精氣窮也。（卷十一《崩
　　　薨》，頁 534）

四、追訓

追訓是先直訓單音詞，再詳細解釋詞義。在單字直訓之後，再追加一層訓
釋。如：

（1）佾者，列也以八人爲行列，八八六十四人也。諸公六六爲行，
　　　諸侯四四爲行。（卷三《禮樂》，頁 105）

（2）學之爲言覺也。以覺悟所不知也。（卷六《辟雍》，頁 254）

（3）誅猶責也。誅其人，責其罪，極其過惡。（卷五《誅伐》，頁
　　　222）

（4）號者，功之表也。所以表功明德，號令臣下也。（卷二《號》，
　　　頁 53）

（5）諡之爲言引也，引列行之迹也。（卷二《諡》，頁 67）

（6）冠者，卷也，所以卷持其發也。（卷十《紼冕》，頁 498）

〔註21〕王麗俊，《白虎通義》聲訓研究，第 30 頁，華中師範大學碩士論文，2004 年。

（7）紱者，蔽也，行以蔽前者爾。有事因以別尊卑，彰有德也。
（卷十《紱冕》，頁493）

（8）婦者，服也，以禮屈服也。（卷十《嫁娶》，頁464）

（9）諫者何？諫，間也，更也。是非之間，革更其行也。（卷五
《諫諍》，頁278）

五、重訓

對同一個被訓詞連續兩次訓釋，兩次解釋意近。如：

（1）胃者，脾之府也。脾主稟氣。胃者，穀之委也，故脾稟氣也。
（卷八《性情》，頁387）

（2）路者，何謂也？路，大也，道也，正也。君至尊，制度大，所
以行道德之正也。路者，君車也。天子大路，諸侯路車，大夫
軒車，士飾車。（卷十二《闕文》，頁739）

六、分訓

分訓就是將一個雙音節詞中的兩個字分開訓釋。如：

（1）夫婦者，何謂也？夫者，扶也，以道扶接也。婦者，服也。以
禮屈服也。（卷八《三綱六紀》，頁376）

（2）謂之姊妹何？姊者，咨也。妹者，末也。（卷八《三綱六紀》，
頁380）

（3）君臣者，何謂也？君，群也，群下之所歸心也；臣者，繵堅也，
屬志自堅固也。（卷八《三綱六紀》，頁445）

（4）妻妾者，何謂也？妻者，齊也，與夫同體。自天子下至庶人，
其義一也。妾者，接也，以時接見也。（卷十《嫁娶》，頁490）

（5）婦者，何謂也？夫者，扶也，扶以人道者也。婦者，服也，服
於家事，事人者也。（卷十《嫁娶》，頁491）

（6）所以名爲衣裳何？衣者，隱也。裳者，彰也。所以隱形自障閉
也。（卷九《衣裳》，頁432）

（7）禮樂者，何謂也？禮之爲言履也。可履踐而行。樂者，樂也。君子樂得其道，小人樂得其欲。（卷三《禮樂》，頁93）

（8）鄉曰庠，里曰序。庠者，庠禮義；序者，序長幼也。（卷六《辟雍》，頁261）

（9）魂魄者，何謂也？魂猶伝伝也，行不休也。少陽之氣，故動不息，於人爲外，主於情也。魄者，猶迫然著人也。此少陰之氣，象金石著人不移，主於性也。（卷八《性情》，頁389）

七、先總訓後分訓

即訓詞時先說出這個詞的意思，再分別說出這個詞所包含的兩個單音詞的意思。如：

（1）京師者，何謂也？千里之邑也。京，大也；師；眾也；天子所居，故以大眾言之。（卷四《京師》，頁191）

（2）人懷五常，故知諫有五。其一曰諷諫，二曰順諫，三曰闚諫，四曰指諫，五曰陷諫。（卷五《諫諍》，頁235）

（3）不正言父兄，言老、更者。老者，壽考也，欲言所令者多也。更者，更也，所更歷者眾也。（卷五《鄉射》，頁250）

（4）其日甲乙。甲者，萬物孚甲也；乙者，物蕃屈有節欲出。……其日丙丁。丙者，其物炳明；丁者，強也。……其日庚辛。庚者，物庚也；辛者，陰始成。……其日壬癸。壬者，陰使任；癸者，揆度也。……其日戊巳。戊者，茂也；巳者，抑屈起。（卷四《五行》，頁173～181）

（5）刑所以五何？法五行也。大辟法水之滅火，宮者法土之雍水，臏者法金之刻木，剕者法木之穿土，墨者法火之勝金。（卷九《五行》，頁521）

（6）或稱君子者何？道德之稱也。君之爲言羣也。子者，丈夫之通稱也。（卷二《號》，頁48）

八、先分訓再總訓

即訓詞時先分別說出這個詞所包含的兩個單音詞的意思，再總的解說這個詞。如：

（1）所以名之爲冢宰何？冢者，大也。宰者，制也。大制事也。
（卷一《爵》，頁 41）

（2）精神者，何謂也？精者靜也，太陰施化之氣也。象水之化，須待任生也。神者恍惚，太陽之氣也，出入無間。總云支體萬化之本也。（卷八《壽命》，頁 390）

第七章　《白虎通》正文訓詁的意義與價值

　　《白虎通》正文中保存了豐富的訓詁材料，通過對這些訓詁材料的考察、分析，可以看出《白虎通》正文訓詁的價值，由此也可以窺見產生於訓詁萌芽時期的正文訓詁對後世訓詁發展的意義。

一、有利於理解《白虎通》的內容

　　訓詁的主要目的是通過對字、詞、句的解釋幫助人們理解文意，雖然文獻正文中的訓詁常常是爲支持說話者所主張的觀點而出現，但不可否認其釋義的作用。文獻正文中的訓詁材料同後來出現的傳注體訓詁專著一樣，也有助於理解作品內容。《白虎通》內容豐富，涉及當時社會政治、生活的方方面面，其中一些內容後世已不甚瞭解，那麼《白虎通》正文中的訓釋性材料，就有利於理解文意。例如：

> （1）何謂綱紀？綱者，張也；紀者，理也。大者爲綱，小者爲紀，
> 　　　所以張理上下，整齊人道也。人皆懷五常之性，有親愛之心，
> 　　　是以綱紀爲化，若羅網之有紀綱而萬目張也。（卷八《三綱六
> 　　　紀》，頁 442～443）

《白虎通》將人際關係之脈絡類比爲羅網之綱紀，人倫之綱紀如羅網之經緯，以大者爲綱，以小者爲紀，如此則形成有組織條理的人際脈絡。若將人際脈絡

化爲羅綱之綱紀，則必有簡易之效。且人皆懷有仁、義、禮、智、信五常之性，有親愛之心，故以綱紀規範人倫秩序，必然能達到張理上下，整齊人道之目的。

（2）婚者，昏時行禮，故日婚。（卷十《嫁娶》，頁 491）

（3）姻者，婦人因夫而成，故日姻。（卷十《嫁娶》，頁 491）

對「婚」的說解，可以看出古人結婚一般是在黃昏之時，即如《禮記·婚義》孔穎達疏云：「婚則昏時而迎，婦則因而隨之。」如果再進一步探究，「婚」以「昏」語源，謂昏時行禮，實際上也是遠古搶婚制的投影。劫掠婦女爲妻，必趁婦家不備，而黃昏之時最爲得便，故搶婚大約多半發生在黃昏，於昏時行禮也就理所必然。古代親家之間，稱男方的父親爲「姻」，是以「婦人因夫」爲關係條件的。可見，《白虎通》此處分析詞語是立足於事物得以形成的條件因素。

（3）婦者，服也，服於家事，事人者也。（卷十《嫁娶》，頁 486）

可見在古代，「婦」的終生任務便是服於家事，換言之，她只是先「事人」而生的。《說文》：「婦，服也。從女持帚灑也。」「婦」的一生離不了「掃帚」，她們只是在內室默默地辛勞，不得參與家務以外的政事。段注：「婦主服事入者也。《大戴禮·本命》融：『女子者，言如男子之教而長其義理者也。故謂之婦人。』娟入，伏於人也。是故無專制之義，有三從之道。」《喪服傳》云：「夫尊於朝，妻貴於室也。打在古代社會，女子的一切以男子爲中心，夫貴妻才榮。

《白虎通》在訓釋一些詞語時，有時所訓之詞在同一處，有時則完全不在同一章節，這說明《白虎通》中的訓釋不僅有助於理解其所在的上下文，也有助於其它部分。此外，《白虎通》中的訓釋內容還有助於把握其思想內容，如文中對帝、父、夫、宗族等詞的訓釋，常常從一定的思想主張出發，帶有主觀色彩，在不同的上下文環境中有不同的訓釋，這體現了《白虎通》中所包含的思想傾向。

二、基本確立了訓詁學的研究對象

中國傳統訓詁學涉及釋詞、解句、通語法、明修辭、注音、校勘、發凡起例等諸多方面，雖然如此，核心內容卻是釋詞、解句。《白虎通》正文訓詁中涉及的主要內容就是釋詞和解句，訓釋內容十分豐富，所釋之詞涉及普通實詞、天文地理、社會習俗、政治軍事、典章制度等各個方面，這些內容也是《白虎通》以後訓詁著作所涉及的訓釋對象。

《白虎通》對章句的訓釋也比較典型，既有對字詞的串講，也有對句意、章旨的揭示，已經具備了章句的風格。章句在後來的發展中出現了繁瑣重複、支離破碎的弊病。而《白虎通》對章句的訓釋是夾雜在正文中的，爲避免割裂文意，訓釋語都比較簡潔精鍊、層次清楚，這是值得後世學習和借鑒的。

三、爲訓詁術語體系的形成奠定了基礎

術語的系統性是一門學科是否成熟的重要標誌之一，在《白虎通》正文中出現的術語雖然數量有限，有些甚至還稱不上是嚴格意義上的術語，但卻是術語體系形成的基礎。《白虎通》中出現的術語有「曰」、「言」、「謂」、「謂之」、「之爲言」、「猶」、「所以」、「故曰」、「亦」、「猶」，這幾個術語都是釋詞術語，無論是形式還是功能都被《白虎通》不同程度的使用。

在《白虎通》中，「曰」、「之爲言」、「謂之」的使用形式是「某曰某」、「某之爲言某」「某，謂之某」，主要功能都是立界說。「所以」在《白虎通》中基本格式爲「某，所以某也」，主要功能爲說明被釋詞的功用。這三個術語無論是形式還是功能都被後世文獻完全繼承下來。而且，在之後的發展過程中「曰」、「之爲言」、「謂之」「所以」一直保持了這種形式和功能。

在《白虎通》中「謂」的使用形式爲「某，謂某」，主要功能爲指明被訓釋詞在文中的具體含義，另一方面也有了新的發展，即增加了釋句的功能。「猶」同「謂」一樣，使用形式爲「某，猶某也」，用意義相通的詞進行訓釋。

四、對後世的訓詁方法有深遠的影響

聲訓、義訓是訓詁中常用的兩大方法。而聲訓是「訓詁之常法，最能普遍應用」〔註1〕《白虎通》正文訓詁中使用最廣泛的就是聲訓的方法，使用規範，體現了這種訓釋方式的優點。在《國語注》中聲訓已成爲最主要的訓釋方式。義訓使用的不多，但釋義很簡潔、準確，設立義界在《白虎通》也是使用較多的訓釋方式，這種方式的優點就是訓釋充分、到位，且適用範圍廣泛。《白虎通》中採用的舉例訓釋法很典型，都是舉出被釋詞所包含的所有內容，訓釋清晰、明瞭。《白虎通》在使用描寫譬況訓釋法時，有時使用術語「猶」，有時直接用暗喻的形式，用譬況的方式訓釋一些不易描述的事物，這種方式能形象、生動、

〔註1〕張永言：《訓詁學簡論》〔M〕，武漢：華中工學院出版社，1985年版，第136頁。

準確地訓釋出詞語。通過上述分析可見，訓詁學中最重要的聲訓、義訓訓詁方法及一些具體的訓釋方式在先秦時期的正文訓詁材料中都已出現。雖然對某些詞語的訓釋帶有一定的主觀性，但從當時那個時代的認識水平來看，這是不可避免的。就訓詁方法本身來說，其對後世訓詁方法的深遠影響是毋庸置疑的，直至現在這兩大方法仍是訓詁最主要的方法。

五、爲訓詁學等學科研究提供材料

據張新武統計，先秦時期文獻正文中詞義訓詁有近兩千條，但與後來出現的訓詁專著相比，這部分材料就顯得少之又少，因此這部分材料一直以來都沒有受到重視。但是，正文訓詁是訓詁學的源頭，對其進行研究有助於訓詁發展史的研究，陸宗達先生就曾指出正文訓詁研究「對於訓詁學的發展一定有較大的幫助」。專書研究是理論研究的基礎，《白虎通》是先秦時期的重要典籍，其中的訓詁材料反映了當時的語言特點及訓詁特點，有助於更好地認識先秦時期的訓詁面貌，對其進行分析、總結能夠爲正文訓詁研究和整個訓詁學的研究提供有價值的資料積累和方法積累。

《白虎通》中保存了一些詞語的文化意義，後世對這些詞語進行訓釋和考證時，或編纂辭書時，就可以將《白虎通》正文中的訓釋作爲重要的參考。因此，對這些《白虎通》中的訓釋材料進行梳理，對於古代漢語詞語的考證、工具書的編寫等，同樣具有重要的參考價值。

參考文獻

重要書目

1. 郭在貽，訓詁叢稿〔M〕，上海：上海古籍出版社，1985。

2. 郭在貽，訓詁學〔M〕，湖南：湖南人民出版社，1986。

3. 陸宗達·訓詁簡論〔M〕，北京：北京出版社，1980。

4. 陸宗達，王寧·訓詁方法論〔M〕，北京：中國社會科學出版社，1983。

5. 章權才，兩漢經學史〔M〕，廣州：廣東人民出版社，1990。

6. 孫雍長，訓詁原理〔M〕，北京：語文出版社，1997。

7. 王寧，訓詁學原理〔M〕，北京：中國國際廣播出版社，1996。

8. 許慎，說文解字〔M〕，北京：中華書局，1985。

9. 王力，古代漢語第二冊，北京：中華書局，2007年，617頁

10. 何九盈，中國古代語言學史〔M〕，廣州：廣東教育出版社，2000。

11. 孟蓬生，上古漢語同源詞語音關係研究〔M〕，北京：北京師範大學出版社，2001。

12. 沈兼士，沈兼士學術論文集〔A〕，北京：中華書局，1986。

13. 趙振鐸，訓詁學綱要〔M〕，陝西：陝西人民出版社，1987。

14. 金春峰，漢代思想史〔M〕，北京：中國社會科學出版社，1987。

15. 于首奎，兩漢哲學新探〔M〕，成都：四川人民出版社，1988。

16. 祝瑞開，兩漢思想史〔M〕，上海：上海古籍出版社，1989。

17. 莊述祖，白虎通義考 陳立 白虎通疏證附錄〔M〕，北京：中華書局，1994。

18. 劉師培，白虎通義源流考 白虎通疏證附錄〔M〕，北京：中華書局，1994。

19. 張國華，中國秦漢思想史〔M〕，北京：人民出版社，1994。

20. 侯外廬，中國思想通史（第 2 卷）〔M〕，北京：北京人民出版社，1957。

21. 許慎，說文解字〔M〕，北京：中華書局，1963。

22. 段玉裁，說文解字注〔M〕，上海：上海古籍出版社，1988。

23. 劉向撰，高誘，戰國策〔M〕，北京：商務印書館，1934。

24. 楊樹達，積微居，小學述林〔M〕，北京：中華書局，1983。

25. 王國珍，《釋名》同源詞語源研究〔D〕，杭州：浙江大學出版社，2004。

26. 陸德明，經典釋文〔M〕，北京：中華書局，1983。

27. 馬瑞辰傳箋，詩經〔M〕，北京：中華書局，1980。

28. 阮元等校，十三經注疏〔G〕，北京：中華書局，1980。

29. 朱熹，四書集注〔M〕，長沙：嶽麓書社，1982。

30. 王聘珍，大戴禮記解詁〔M〕，北京：中華書局，1983。

31. 班固，漢書〔M〕，北京：中華書局，1962。

32. 蔡邕，獨斷〔M〕，諸子百家叢書〔G〕，上海：上海古籍出版社，1990。

33. 陳彭年，鉅宋廣韻〔M〕，上海：上海古籍出版社，1983。

34. 朱駿聲，說文通訓定聲〔M〕，武漢：武漢市古籍書店影印，1983。

35. 王筠，說文句讀〔M〕，南京：江蘇古籍出版社，2000。

36. 宗福邦等主編，故訓彙纂〔G〕，北京：商務印書館，2003。

37. 桂馥，說文解字義證〔M〕，濟南：齊魯書社，1987。

38. 陸德明，經典釋文〔M〕，北京：中華書局，1983。

39. 王筠，說文句讀〔M〕，北京：北京市中國書店，1983。

40. 李新魁，漢語音韻學〔M〕，北京：北京出版社，1986。

重要論文

1. 郭向敏，白虎通聲訓詞研究〔D〕，廣西：廣西師範大學碩士學位論文，2006。

2. 王麗俊，白虎通義聲訓研究〔D〕，華中師範大學碩士學位論文，2004.5。

3. 李敏，白虎通義與東漢經學〔D〕，北京：北京語言大學碩士研究生學位論文，2005.6。

4. 鞏玲玲，春秋·穀梁傳正文訓詁研究〔D〕，新疆師範大學碩士學位論文，2006。

5. 孟蕾樂，白虎通意義世界建構方法初探〔D〕，南開大學碩士學位論文，2007

6. 鄭穎，白虎通引文釋例〔D〕，浙江大學碩士學位論文，2009。

7. 王麗芬，呂氏春秋高誘注研究〔D〕，南京師範大學碩士學位論文，2005。

8. 羊霞，東漢聲訓理據研究——以白虎通義和釋名為例〔D〕，揚州大學碩士學位論文，2008。

9. 陳燕谷，漢代今古文經學的春秋觀，《學人》第二輯，江蘇人民出版社。

10. 周桂鈿，王充哲學與東漢社會〔J〕，北京師範大學學報，1996.5。

11. 蘇志宏，白虎通的禮樂教化觀〔J〕，四川師範大學學報，1990.5。

12. 盧烈紅，白虎通對訓詁學的貢獻〔J〕，武漢大學學報（社會科學版），1992.5。

13. 匡釗，白虎通與中國哲學傳統〔J〕，蘭州大學學報（社會科學版），2000.1。

14. 葉方石，王麗俊，白虎通義聲訓的文化透視〔J〕，九江職業技術學院學報，2008.2。

15. 葉方石，王麗俊，白虎通義聲訓對詞語理據分析的類型與特徵〔J〕，武漢船舶職業技術學院學報，2008.3。

16. 白瑞芬，白虎通義研究綜述〔J〕，和田師範專科學校學報（漢文綜合版），2006.5。

17. 向晉衛，白虎通義的道德意識〔J〕，都學（人文社會科學學報），2004.6。

18. 向晉衛，白虎通義的君臣之禮〔J〕，蘭州學刊，2004.6。

19. 項曉靜，從古代喪葬制度中透射的倫理思想及宗教觀念〔J〕，安康師專學報，2003，9（15）

20. 賀敬華，古代漢語判斷句，大慶師範學院學報〔J〕，200●.3。

21. 王琪，古漢語判斷句的活用〔J〕，咸陽師範學院學報，2002.2。

22. 季乃禮，論白虎通中「天」的混沌性與三綱六紀〔J〕，齊魯學刊，2000.3。

23. 王四達，論白虎通義的天道觀及其內在矛盾〔J〕，燕山大學學報，2001.3。

24. 劉世俊，論訓詁與判斷句〔J〕，寧夏大學學報，1997.4。

25. 王四達，試論白虎通義的總體特徵〔J〕，中山大學學報，2001.4。

26. 王四達，五十年來中國大陸有關白虎通義的研究狀況述評〔J〕，華僑大學學報，2001.1。

27. 楊建忠，賈芹，正文體訓詁的認定〔J〕，寧夏大學學報，2000.4。

28. 尹君，中國古代官吏考覈制度的形式和確立〔J〕，黔南民族師範學院學報，2004.1。

29. 李國鐸，中國古代婚姻制度〔J〕，新鄉師範高等專科學校學報，2005.4。

30. 朱小琴，古代喪葬制度與喪俗文化〔J〕，西安文理學院學報，2005.6。

31. 湯其領，白虎觀會議與東漢政權的苟延〔J〕，徐州師範學院學報，1996，（2）：35～39。

32. 蘇志宏，〈白虎通〉的禮樂教化觀〔J〕，四川師範大學學報，1990.5。

33. 盧烈紅，〈白虎通〉對訓沽學的貢獻〔J〕，武漢大學學報，1992.5。

34. 湯其領，白虎觀會議與東漢政權的苟延〔J〕，徐州師範學院學報，1996.2。

35. 匡釗，白虎通〉與中國哲學傳統〔J〕，蘭州大學學報，2000.1。

36. 蘇誠鑒，漢家堯後有傳國之運——西漢亡於儒生論〔J〕，安徽師大學報，1988.4。

37. 徐興無，論漢代對讖緯之學的批判〔J〕，南京大學學報，1990.1。

38. 晉文，論春秋、詩、孝經、禮在漢代政治地位的轉移〔J〕，山東師大學報，1992.3。

39. 葛志毅，兩漢經學與古代學術體系的轉型〔J〕，北京大學學報，1994.2。

40. 王麗芬，呂氏春秋高誘注研究〔J〕，南京：南京師範大學，2005。

41. 馬輝芬，高誘呂氏春秋注訓詁研究〔J〕，銀川：寧夏大學，2006。

42. 於首奎，白虎通神學宇宙觀批判〔J〕，江漢論壇，1981.2。

43. 張斌，白虎通聲訓反映語音現象〔J〕，語文知識，2007.3。

44. 曾德雄，白虎通中的讖緯思想〔J〕，人文雜誌，2009.1。

45. 黃樸民，白虎通義對董仲舒新儒學的部分發展〔J〕，社會科學輯刊，1989.6。

46. 楊權，白虎通義是不是章句〔J〕，歷史學，2009.9。

47. 任芬，白虎通義與封建禮教的產生〔J〕，婦女史研究。

48. 張濤，白虎通義與易學〔J〕，周易研究，2004.6。

49. 張榮明，漢代章句與白虎通義〔J〕，學術研究，2004.2。

50. 王興安，略論古代漢語判斷句的形式〔J〕，讀與寫雜誌，2007.2。

51. 徐勇，黃樸民，試論春秋軍事制度的基本特點〔J〕，天津社會科學，1992.4。

52. 林麗雪，白虎通三綱說與儒法之辨〔J〕，中國哲學史研究，1984，（4）

53. 李源澄，〈白虎通義〉〈五經異義〉辯證〔J〕，學術世界，1935.1（7，9，11，12）。

54. 侯外廬，漢代白虎觀宗教會議與神學法典白虎通義〔J〕，歷史研究，1956.5。

55. 方立天，白虎通義〉與封建等級制〔J〕，學術月刊，1981.4。

56. 於首奎，白虎通〉神學宇宙觀批判〔J〕，江漢論壇，1981.2。

57. 於首奎，白虎通封建倫理觀批判〔J〕，中國哲學史研究集刊（2），上海人民出版社，1982。

58. 楊向奎，白虎通義的思想體系，繹史齋學術文集〔C〕，上海人民出版社，1983。

59. 余敦康，兩漢時期的經學與白虎觀會議〔J〕，中國哲學，第十二輯，人民出版社，1996。

60. 林麗雪，白虎通「三綱說」與儒法之辨〔J〕，中國哲學史研究，1984.4。

61. 黃樸民，白虎通義對董仲舒新儒學的部分發展〔J〕，社會科學輯刊，1989.6。

62. 鍾肇鵬，白虎通〉的哲學和神學思想〔J〕，中國史研究，1990.4。

63. 雷戈，今本白虎通義眞偽考〔J〕，古籍整理研究學刊，1996.2。

64. 雷戈，班固與白虎通德論之關係考〔J〕，古籍整理研究學刊，1996.5。

65. 許殿才，白虎通義中的國家學說〔J〕，中國史研究，1997.2。

66. 楊權，白虎通義是不是章句〔J〕，學術研究，2002.9。

67. 鍾肇鵬，董仲舒與漢代今文經學〔J〕，文史哲，1978.3。

68. 方立天，漢代經學與魏晉玄學〔J〕，哲學研究，1980.3。

69. 王俊峰，劉秀君臣「儒者氣象」試探〔J〕，中國史研究，1987.4。

70. 閻步克，東漢名節論，文化：中國與世界〔J〕，三聯書店，1987。

71. 馬彪，試論漢代的儒宗地主〔J〕，中國史研究，1988.4。

72. 蘇誠鑒，欲法武帝與附會周禮〔J〕，中國史研究，1989.4。

73. 黃樸民，論董仲舒新儒學的主導性質與基本特徵〔J〕，中國史研究，1990.2。

74. 羅義俊，論漢代的博士家法〔J〕，史林，1990.3。

75. 楊世文，漢代災異學說與儒家君道論〔J〕，中國社會科學，1991.3。

76. 周天遊，兩漢復仇盛行的原因〔J〕，歷史研究，1991.1。

77. 曹金華，論漢章帝劉炟〔J〕，江海學刊，1991.6。

78. 馬育良，東漢隆禮之勢的形成和鄭玄的崇尚禮學〔J〕，孔子研究，1992.4。

79. 楊國榮，群己之辨——玄學的內在主題〔J〕，哲學研究，1992.12。

80. 許殿才，漢書中的天人關係〔J〕，歷史研究，1992.4。

81. 晉文，論「以經治國」對我國漢代社會生活的整合功能〔J〕，社會學研究，1992.6。

82. 董平，論漢代讖緯之學的興起〔J〕，中國史研究，1993.2。

83. 劉文英，〈潛夫論〉與漢代經學〔J〕，孔子研究，1994.3。

84. 黃開國，漢代經學之爭〔J〕，孔子研究 1994.4。

85. 楊陽，中國傳統政教合一觀念剖析〔J〕，天津社會科學，1995.6。

86. 陳勇，論光武「退功臣而進文吏」〔J〕，歷史研究 1995.4。

87. 朱紹侯，劉秀和他的功臣〔J〕，中國史研究，1995.4。

88. 王健，漢代君主研習儒學傳統的形成及其歷史效應〔J〕，中國史研究，1996.3。

89. 曹金華，論東漢前期的「諸王之亂」〔J〕，史學月刊，1996.5。

90. 陳桐生，秦漢之際受命改制說與儒學獨尊〔J〕，齊魯學刊，1997.1。

91. 惠吉興，論漢代儒學的社會化走向〔J〕，社會科學戰線，1997.3。

92. 侯欣一，孝與漢代法制〔J〕，法學研究，1998.4。

93. 黃樸民，何休歷史哲學理論探析〔J〕，求是學刊，1999.1。

94. 邰積意，在學術與政治之間〔J〕，孔子研究，1999.3。

95. 王健，楚王劉英之獄探析〔J〕，中國史研究，1999.2。

96. 干春松，儒家制度化的形成和基本結構〔J〕，哲學研究，2001.1。

97. 宋豔萍，陰陽五行與秦漢政治史觀〔J〕，史學史研究，2001.3。

98. 龐樸，名教與自然之辨的辯證發展》〔J〕，中國哲學，2001.4。

附錄：《白虎通》稱謂詞訓詁淺談

鄭莉娟

摘　要

　　《白虎通》雖爲一本宣揚神學唯心主義思想的「通經釋義」之作，其訓詁價值仍不可忽視。本文就其《白虎通》中的稱謂詞來談它在訓詁方面的特色。主要從設問句與判斷句的結合，引用和存異說，因聲求義三個方面進行了探討。

關鍵詞：白虎通　稱謂詞　引用　因聲求義

東漢建初，章帝召集諸儒於洛陽北宮的白虎觀，由太常、將、大夫、博士、議郎、郎官及諸生、諸儒陳述見解，講論《五經》同異，史稱「白虎觀會議」。意圖彌合今、古文經學異同。章帝親臨裁決其經義奏議，命班固整理會議記錄，遂編成了《白虎通義》，又名《白虎通德論》，或省稱《白虎通》。《白虎通》是以今文經學為基礎，初步實現了經學的統一。它繼承了《春秋繁露》的「天人感應」神學目的論，並加以發揮，把自然秩序和社會秩序緊密結合起來，對當時社會各方面的問題都作了規定，使封建綱常倫理系統化、絕對化，將封建制度下君臣、父子、夫婦之義與天地星辰、陰陽五行等各種自然現象相比附，提出了完整的神學世界觀，完成了儒家經典與讖緯迷信相結合的國教化進程。

在《白虎通》中涉及到了眾多的稱謂詞，這些稱謂詞集中在爵、諡、封公侯、攷黜、宗族、姓名、嫁娶等卷中。本文從設問句與判斷句的結合，引用和存異說，因聲求義三個方面對《白虎通》中稱謂詞訓詁進行了探討。以此可清晰地看見《白虎通》中如此濃重的封建等級制度和儒家所宣揚的倫理道德意識。

一、設問句與判斷句相結合

《白虎通》在訓釋這些稱謂詞時並非採用了逐詞分條的訓詁方法，而是採用自問自答的設問體形式，這種設問題形式，不僅能引起讀者的注意，也能給讀者思考的餘地。當中也有單獨使用判斷句來解說的。判斷句能判斷主語所指的是什麼，具有什麼屬性或屬於什麼範圍的功能，與訓詁旨在說明一些古語詞和方言詞相當於通用語言中的什麼詞，一些難懂詞語的具體意義是什麼這些意圖是相通的。但在《白虎通》中更多的是設問句與判斷句的結合，從而對經文中提到的稱謂詞進行了靈活自如的訓釋。如：

（一）何以……也？以……也。這樣的句式用於回答原因。

1. 何以知帝亦稱天子也？以法天下也。（卷一《爵》，4）

2. 何以言皇亦稱天子也？以其言天覆地載，俱王天下也。（卷一《爵》，5）

（二）所以……者何？……也。

3. 爵所以稱天子者何？王者父天母地也，為天之子也。（卷一《爵》，2）

4. 所以名之為公侯者何？公者，通也。公正無私之意也。侯者，候也。（卷一《爵》，7）

（三）或稱⋯⋯何？⋯⋯也。

5. 或稱天子，或稱帝王何？以爲接上稱天子者，明以爵事天也。接下稱帝王者，明位號天下至尊之稱，以號令臣下也。（卷二《號》，47）

6. 或稱君子何？道德之稱也。君之爲言群也。子者，丈夫之通稱也。（卷二《號》，48）

以上這些例子均是先以詢問的方式提出爲什麼這樣命名，然後具體解說如此命名的緣由。「天子」一詞是君權神授的產物，稱帝、皇，爵爲「天子」是說「帝、皇」是上天的兒子，他那至高無上的地位具有合法性，他的權威是神聖不可侵犯的。「公、侯」則從聲音的相通、相近來闡釋。公作爲一等貴族，應該有公正無私的品德；侯爲二等貴族，必須經得起逆境和順境的考驗。「君子」是對具有高尚道德的人的稱呼。

（四）⋯⋯者，何謂也？⋯⋯也。

7. 公卿大夫者，何謂也？內爵稱也。（卷一《爵》，16）

8. 皇者，何謂也？亦號也。皇，君也。美也，大也。天人之總，美大之稱也。（卷二《號》，44）

這種訓詁句式更多的出現在訓釋簡稱中。如：

9. 三皇者，何謂也？謂伏羲、神農、燧人也。（卷二《號》，49）

10. 五帝者，何謂也？禮曰：黃帝、顓頊、帝嚳、帝堯、帝舜，五帝也。（卷二《號》，52）

11. 三王者，何謂也？夏、殷、周也。（卷二《號》，55）

12. 五霸者，何謂也？昆吾氏、大彭氏、豕韋氏、齊桓公、晉文公也。（卷二《號》，60）

另外，《白虎通》中也有單獨用判斷句來直陳稱謂詞。如：

13. 天子者，爵稱也。（卷一《爵》，1）

14. 士者，事也，任事之稱也。（卷一《爵》，18）

15. 庶人稱匹夫者，匹，偶也。（卷一《爵》，22）

這些例子都是直接推源，意在探求和解釋語詞的命名之義。「天子、士、庶人」都是封建社會帶有等級的稱謂，《白虎通》根據此人需要履行的職責來推求詞義。

二、引用和存異說

《白虎通》在通經釋義的過程中，大量的引用其他典籍之說，爲稱謂詞的解釋提供了重要依據。作者尊重與會者各家「所受」的不同師說，對各家各派的觀點廣泛地吸收、混融；若各家的觀點有較大的差異，實在難以調和、混融，但只要這些觀點有利於封建禮教的構建，《白虎通義》還是會在擇善而從的前提下，兼採並存，以求博聞多見，這樣《白虎通義》的引用就顯得十分豐富廣博。藉此保存下來的稱謂異說，確能增長見聞。《白虎通》在訓釋稱謂詞時，對簡稱給予了很高的重視，在文中提到的有關稱謂的簡稱有：五爵、三爵、三皇、五帝、三王、五霸、五宗、九族。如：

> 爵有五等，以法五行也。或三等者，法三光也。或法三光，或法五行何？質家者據天，故法三光。文家者據地故法五行。含文嘉曰：殷爵三等，周爵五等。各有宜也。王制曰：王者之制祿爵，凡五等。謂公侯伯子男也。此據周制也。春秋傳曰：天子三公稱公，王者之後稱公，其餘大國稱侯，小者稱伯子男也。王制曰：公侯田方百里，伯七十里，子男五十里。所以名之爲公侯者何？公者，通也。公正無私之意也。侯者，候也。候逆順也。人皆千乘，百里所潤同。伯者，白也。子者，孳也。孳孳無已也。男者，任也。（卷一《爵》，6）

《白虎通》中提到的爵有五等和三等之分。各家所說有異，班固又引用含文嘉、王制、春秋傳裏的解說作爲佐證。並具體的對五等爵進行了詳細訓釋。公、侯、伯、子、男都是封建君主國家貴族等級封號稱謂。公作爲一等貴族，應該有公正無私的品德；侯爲二等貴族，必須經得起逆境和順境的考驗……。不同身份、等級的人分別具有不同的道德規範要求。很顯然，《白虎通》如此訓釋主要目的就是宣揚封建道德。

三、因聲求義

因聲求義就是通過語音去探求語義，是指用音同、音近、音轉的字來解釋詞義的一種方法。聲訓方法的產生有其客觀必然性，因爲語言中「同源詞的產生，方言的分化，都與聲音有密切關係。」《白虎通》中聲訓有三百多條以上，因而在訓釋稱謂詞也採用了因聲求義來探究其得名之由，可見作者已認識到事物的命名，以及詞在音和義兩方面有著相承的關係。從釋詞與被釋詞的關係來看稱謂詞的聲訓主要有如下幾種情況。

（一）同音相訓

「同音」是指兩個或兩個以上的漢字不僅聲母相同，韻母和聲調也相同。如：

（1）士，事也。任事之稱也。（卷一《爵》，18）

（2）娣者何？女弟也。（卷十《嫁娶》，469）

例1「士」在上古屬於「崇母、之韻、上聲」，「事」屬於「崇母、之韻、上聲」，二者古音完全相同。「士」在《白虎通》中用為士大夫之義。「士」是能做事的男人，只有能做事的男人才能稱得上是「士」。故「士」「事」二者相關同源。例2「弟」有次弟義。「娣」是女弟，指嫡夫人或妾對陪自己嫁入夫家的媵妾的稱呼，她們與自己相次第。「娣」含有義素「次第」，是由「弟」派生出的一個同源詞，它的語源義是「次第」，因她們與自己相次第排列而得名。《白虎通》以源詞釋派生詞。

（二）音近相訓

（3）女者，如也。從如人也。（卷十《嫁娶》，491）

（4）伯者，白也。（卷一《爵》，10）

例3「女」「如」都是「魚韻、上聲」，而「女」是「泥母」，「如」是「日母」，二者同韻，古音相近。「女」的古文就像是一個被捆綁著手腳的人。它是「奴」的古字，意思是「隨順、服從」。「女」與「如」義通，又可見於《釋名·釋長幼》：「女，如也，婦人外成如人也。故三從之義，少如父教，嫁如夫命，老如子言。」《說文·女部》；「如，從隨也。」「女」和「如」同源，詞源義是「隨順、服從」。例4「伯」在上古屬於「幫母、鐸韻、入聲」，「白」屬於「並母、鐸聲、入聲」，兩者韻母相同，聲調相同，因而古音相近。

《白虎通》採用因聲求義的方法來探究稱謂詞的得名由來，對我們推求稱謂詞的語源，具有較高的參考價值。

《白虎通》稱謂詞訓釋的做法既審慎又周嚴，不僅訓釋詞義，又能深入其中，解釋它們的本旨及具有的意義、能發揮的作用。這樣不但釋其然，而且釋其所以然，使人們對每一個稱謂、制度、都由表及裏，獲得深入理解，顯示出了其訓詁的精到。

參考文獻

〔1〕（清）陳立（撰），白虎通義疏證〔M〕，北京：中華書局出版社，1997。

〔2〕韓省之，稱謂大辭典〔M〕，北京：新世界出版社，1991。

〔3〕盧烈紅，《白虎通》對訓詁學的貢獻〔J〕，武漢大學學報，1992（5）。

〔4〕郭向敏，《白虎通》聲訊此研究〔J〕，廣西師範大學碩士論文，2006（4）。

〔5〕王麗俊，《白虎通》聲訓研究〔J〕，華中師範大學碩士論文，2004（5）。

〔6〕貢桂勇，《春秋公羊傳》的訓詁用語〔J〕，邢臺學院學報，2006（9）。

（說明：本文已於 2012 年一月發表在內蒙古民族大學學報）